蔣故總統　經國先生常獨坐於慈湖之濱，追思陪侍　蔣公生前觀魚情景。

在每一分鐘的時光中

■蔣經國

讀了英國作家葛禮賓的一首詩「如果」以後，內心深受感動；月夜靜坐思維，似有所開悟，因師其意，寫成此篇，以爲自勉箴言。

民國五十二年十一月二日

1

當環繞在你四周的人們，
失去了他們的理性，並違背了他們的良心；
正將各種罪名加到你的頭上來的時候，
必須格外地保持着你的頭腦的冷靜和清醒。

2

如果有許多人，
都在懷疑你，
就讓他們去懷疑吧；
同時，更要相信你自己。

3

不可因為來不及等待而感到不耐煩，
亦不可因為受了別人的誣蔑而憤激；
如果困惱的心已到了崩裂的邊緣，
你還是耐心地去等待。

4

萬一被人無緣無故的嫉忌，
切莫因此而畏卻；
更要小心翼翼地埋頭工作，
勿使鋒芒外露。

圖／俞雲襄

5

假如你有一種理想，
切不可將夢境當作現實來看；
當你正在沉思些什麼，
也不可存非非之念。

6

即使你所信仰的真理，
被歪曲，
成了哄騙他人的陷阱；
也得平心靜氣地保守着你的信仰。

7

一旦眼見你的成就將要被摧毀，
你還是要振作精神，
拾起你的鋒鋭的利器；
在痛苦中重建新的根基。

8

不論是成功，
不論是失敗；
成功與失敗，
都要加以冷靜的看待。

9

當你與俗人相處的時候，
不可與人同流合污；
當你同顯要者在一起的時候，
不可失掉你的平民的本色。

10

倘若你在每一分鐘的時光中，
都能夠為人盡了最大的力量，
你自然會受到別人的信任；
再也不用擔心敵人的侵襲。

1

民國四十四年，經國先生任救國團主任，救國團與中國青年寫作協會舉辦「全國青年最喜閱讀文藝作品及崇敬文藝作家測驗」，分詩、小說、散文及戲劇四類，各入選十部（十人）。四十五年三月十四日，經國先生在台北市「婦女之家」設宴招待入選作家，並合影留念。圖中前排蹲者爲工作人員，後排站立者右起墨人、郭嗣汾、佚名、李曼瑰、楊群奮、謝冰瀅、紀弦、鍾雷、蘇雪林、王宇清、申江、經國先生、唐紹華、徐鍾珮、朱白水、張漱菡、艾雯、張自英、鄧綏甯、覃子豪、夏菁、余光中等人。**(鍾雷先生提供)**

經國先生與文藝界

親民、愛民的　經國先生與文藝界有相當深厚的因緣，我們特選八張照片，並做簡單的圖片說明。

2

民國四十五年，中廣記者王大空在合歡山埡口
採訪當時的救國團主任蔣經國先生。
（王大空先生提供）

3

民國五十四年青年節文藝大會，經國先生時任
救國團主任，與第一屆中國文藝獎得獎人合影
。左起依序為許達然、司馬中原、張永祥、瘂
弦、楊佳霖。**（司馬中原先生提供）**

4

民國四十八年六月二十五日，經國先生在台北市峨嵋街救國團舉行茶會，招待「八二三」砲戰後訪問金馬前線及橫貫公路的文藝界人士。圖中前排左起杜呈祥、南郭、陳紀瀅、侯榕生、葉曼、王琰如、經國先生、叢靜文、張明、謝吟雪、張雪茵、林海音、趙友培；中排右起冷楓、龔聲濤、張英超、郭明橋、鍾雷、張大夏、呂天行、李中和、宋膺、張英、魏希文、朱介凡、鍾鼎文、王紹清、屠義方、穆中南、包遵彭，後排右起師範、佚名、魏子雲、程其恆、呂訴上、汪精輝、吳裕民、墨人、朱嘯秋、葛賢寧、周志剛及王藍等人。

(鍾雷先生提供)

5

已故畫家高逸鴻與經國先生的師徒之誼，是藝壇的一段佳話。陳立夫先生八十大壽，與陳夫人在史博館聯展，經國先生與高逸鴻夫婦在會場相遇，閒話家常。
(龔書綿女士提供)

6

經國先生任職國防部總政治作戰部主任時，每年除夕都與康樂總隊的隊員一起吃大鍋飯；每年過年都向隊員拜年。左起為葛香亭、錢璐、蔣青峯、傅碧輝、曹健。**(曹健先生提供)**

7

民國六十六年經國先生在行政院長任內，行經南投鹿谷一家茶行，看見牆上掛著李轂摩的作品，十分喜歡，雖然行程安排緊湊，他還是特地繞到草屯去探望李轂摩。

（李轂摩先生提供）

8

民國六十九年二月二十八日，故總統　經國先生召見藝文界人士，左起彭歌、侯健、蔣彥士、張曉風、陳紀瀅、鍾肇政、林海音、殷張蘭熙、華嚴、林懷民、馬紀壯。**（華嚴女士提供）**

在每一分鐘的時光中

文學心靈的無限感懷

文訊叢刊4

文訊月刊社 編

目錄

〔輯三〕開路的典型

〔輯四〕今夜，我爲您守靈

輯一

淚的洗煉

泰山其頹乎，哲人其萎乎

◉黃得時

本年元旦，我在電視前面看見了蔣故總統經國先生在總統府，主持「中華民國開國紀念日」的大典。那時候，總統雖然坐在輪椅蒞臨會場，但是，致詞的聲音相當宏亮，神采奕奕。揮手的時候，那張溫容可掬、慈祥無比的風貌，令人想起這位中華民國的大家長、成千成萬的青年人的大導師，必能老當益壯，領導全國人民，完成建國復國的神聖大業。後來過了四、五天，在報上看見了行政院新聞局長邵玉銘先生，報告蔣故總統的健康狀況謂：

「蔣總統的健康很好，他雖然坐輪椅參加各種會議，其實，健康卻很好。」我看見這則報告之後，內心非常高興，認為從去年蔣總統廢除戒嚴，准許大陸探親，增加報張，創辦新報紙，以及充實中央民意代表等……一連串的新措施，引起全世界自由國家人士，無不認為蔣總統是位非常開明賢聖的領袖，現在他老人家健康既然很好，今後一定能夠靠他無比的魄力和果斷力，積極推行上述的各種新措施，使我國邁進名副其實民主憲政的國家之林。

但是真正想不到，這位受萬民愛戴、為治國鞠躬盡瘁、為愛民不辭勞苦的領袖，於一月十三日下午溘然長逝。我在晚上收看電視的插播，起初懷疑我的耳朵聽錯，或者是我的老花眼看錯字幕。蔣總統去世——那裡會呢？後來我知道這是事實的時候，頓時呆若木雞，一時都講不出話來。蔣總統之逝世，簡直是：

泰山其頽乎？梁木其壞乎？哲人其萎乎？—見禮記檀弓

除了這種說法之外，沒有更好的形容。

我們知道世上有無數的「偉人」，這些偉人，其所以會被稱為「偉人」，是因為他們在世的時候，曾完成許多轟轟烈烈氣勢浩大、別人望塵莫及的大事業。而蔣故總統的「偉大」卻跟他們完全不同，是在平平凡凡的作為當中得來的。他幾乎每禮拜天，都親自訪問窮鄉僻壤、山邊海角，接觸了人民，共進午餐，閒話家常，探訪民情，跟人民連在一起，結為好友，像這種作法，世界有將近二百個國家的元首之中，有誰能夠？沒有一個能趕得上呢！難怪他一逝去，全國老百姓無論男女老幼，無論士農工商，如喪考妣，無不痛哭流淚。其豐功偉德的事例，各報天天都有很周詳的報導，在這裡無需重複。

我記得我的祖母黃郭綢一百零四歲的時候，曾經受台北市政府表揚為模範母親。經國先生特地親臨慶祝茶會，以其厚厚的手，笑咪咪扶持祖母，令祖母感激得也微笑出來。當時有將近一百多位的子孫圍住觀看。後來新聞局將當天所拍的照片頒發給我家，再由我家印了很多張，分發給子孫保存，無不視若家寶。現在，蔣故總統已不在人世了，把這張照片拿出來看，當日的場面，重新浮現眼前，覺得感慨萬分。

蔣總統的逝世，確實是令人悲痛萬分，這不但是中華民國無法彌補的一大損失，亦是自由世界失去了一位傑出的領袖。但是我們要知道「往者已矣，來者可追」，我們應節哀順變，擦乾眼淚，將悲慟化為力量，遵守蔣故總統的遺訓，團結一致，堅守崗位，完成蔣故總統尚未完成的事業，以告慰蔣故總統在天之靈。

蔣總統逝世，當天八點，依憲法由副總統李登輝先生繼任總統。李總統是一位傑出的學人，專攻農學。其論著在國際學術上獲有很高的地位。曾任台北市長以及台灣省主席，對於臺灣的省、市之建設，有極豐富的經驗，曾經努力培養八萬農業大軍，而受蔣故總統之賞識，而提拔為副總統。他又是虔誠的基督教徒，曾經說道：他退休之後，想做「牧師」，為上帝做工，拯救世人，可見他是一位老老實實平平淡淡，的確能夠為民服務，造福人群，高瞻遠矚，有理想、有抱負的政治家。他因爲是臺灣土生土長，畢業於台北高等學校（今台北師大前身）及國立台灣大學，故對台灣的情形非常清楚，而且曾經留學日本和美國，故對於世界的情勢亦無不瞭如指掌，將來必有一番作為。

目前我們最要緊的事情，是全國人民必須團結一致，擁護李總統，在李總統繼承蔣故總統英明的領導之下，完成復國的重大使命。

最後我引用我近日所作三首七言絕句於下面，做為本文的結束。

敬悼蔣經國故總統

勤政愛民仁者風。
擎天一柱隕經公。
追懷嚴解開新政。
民主自由國力充。

敬呈李登輝現總統

學人從政績昭然。
信教心堅愛及田。
遺訓秉承追領袖。
推行憲政看超前。

鼓勵全國千萬同胞

哲人已渺澤流芳。
遺囑銘心更發揚。
統一中華應團結。
一心一德國安康。

——寫於蔣故總統經國先生逝世頭七日——

（77.1.17.中華日報17版）

黃得時，臺灣臺北人，民前三年生，日本帝國大學東洋文學科畢業，現任國立臺灣大學名譽教授、胡適講座教授、教育部學術審議委員、文復會委員。

從剡溪到大溪

——擬安魂曲

◉無名氏

你走了，在一個熠爍陽光的下午。我們雖心痛，卻也心安，你不需要像歌德臨走時呼喚：「打開窗子，給我更多的光明！」

你帶給中國人民以光，你也在一片光亮中離去。

而今我才真知，只有生死兩界之間，我們才能更深刻的領略到一顆偉大靈魂的魅力，他的奉獻，他的創造，他的樸素，他的愛……。

你的生命初現於奉化剡溪邊，將永恆安息於桃園大溪畔。溪水澄瀅，新穎鮮活，正寫照你的靈性，你的倫理影子。

我雖未去過大溪，它離慈湖僅二公里。我在慈湖所享受的湖光山色的寧靜，碧樹綠蔭的清幽，想大溪也滿溢。這一生七十九年，你實在太累了，該舒舒坦坦在這片清幽寧靜中休息了。

我不禁懷念溪口，那長達數十里的剡溪，是你生命的開始。奉化溪水有一百多條，剡溪是三大名溪之一，直通奉化江，夙讚「剡水鏡涵」。五年半前，離開大陸那年五月，通你寓所的外面那片水泥平台上，我曾佇立許久，倚欄眺望溪水。大約是午後一點左右，我凝視閃爍發光的鏡明水面，緬想近數十年來的種種，真是感觸萬端，不禁興晉人新亭之慨：「風景不殊，正自有山河之異。」可是，我也知道，你正領著大家戮力謀求撥「異」為同。

一面看晶瀲溪水，一面回想：剛才拜訪溪邊你那幢小小磚舍，兩樓兩底，面積窄隘，陳設簡陋，哪像國家元首家屬的住宅？可是，我覺得，這座房室有靈魂，有太多的生命，因為它關係著中華民族的命運。

現在，我早已來到台北了，我不知道，那些被你視線擁抱過的粉壁、你足履親吻過的地板、被你觸摸的窗子，是否知道它們的老主人現已昇天了？也許，不久你將重返故園，再投入剡溪山水的懷抱？……

我又回憶溪口蔣氏故宅，你呱呱墜地處。我曾獨自穿過色彩繽紛的花圃，由右側「素居」進去，駐足那四方形的巨大院落。這天湊巧空無一人，只兩株參天古樹濾灑滿庭岑靜。我正好品賞、沉思個夠。我在「報本堂」前勾留好一會。先總統 蔣公手書「寓理帥氣」紅匾，筆暢墨酣，功力挺拔，重顯唐碑柳誠懸氣韻，字佳不說，寫意更佳。下款大意：蔣經國先生四十歲生日，其父特書此四字相贈，「以代私囑」。這正是「民國三十六年四月十二日」。再八天，整個江南就天翻地覆，從此神州淪入萬劫不復深淵。

那個上午，面對報本堂這幅匾額，我想得很多很多。

今日重憶這一幕，我不免想起：生於憂患，死於憂患。雖說今日台灣物阜民豐，經濟繁榮，但海峽對岸的災難仍在重重包圍我們，我們其實是深居憂患中。

而你竟悄然走了。

從今只有驅車頭寮賓館，在山青水秀之間，大溪之濱，才能呼吸你的靈芬遺韻了。

寫到這裡，我又回憶你的剡水濱小院右牆那塊石碑，上書「以血洗血」紅字。上款「先慈毛太夫人罹難處」，下款「中華民國二十八年十二月四日經國泣書」。據傳日機曾炸溪口蔣家，夫人在妙高台遇難。碑碣原立於夫人墓前，後來移此。（據最近消息，此碑現又移至武嶺關右的賓舘天井內了。）

這四個紅字的記憶，終於帶給我們力量。結合你的遺囑，你從未忘記血的大陸。必要時，我們得持槍流血，從千萬條血路上走回去。

這些日子，千萬心靈雖暫時一片黑，終會衝破……。

請靜靜安息吧！敬愛的靈魂！在未來的日子，一年到頭，千千萬萬人會來大溪頭寮看你，陪你；山光、水色、禽鳥、花樹、天空、大地，也會望你、伴你。

你將聽見剡溪的水流聲、大溪的水流聲，是在伴你、頌你。

請靜靜安息吧！

你是從生命最深處出來的！請靜靜安息於生命深處吧！

你是從大時代最深處出來的！請靜靜安息於大時代深處吧！

超於一切的，你將永恆告息在我們心靈深處。（77.1.28. 青年日報21版）

無名氏，本名卜乃夫，江蘇人，民國六年生，北京俄文專科學校畢業，專事寫作。

黑紗•淚痕•心影

◉胡楚生

走到學校禮堂門口，我與內子文芸，在簽名薄上簽了名字，有人為我們在左臂上分別佩帶一方黑紗，步入肅穆莊嚴的靈堂，我們並立在故總統經國先生的遺像面前，恭敬地行了三鞠躬禮，抬頭瞻仰遺像，淚水忍不住奪眶而出，往事也如同潮水一般，湧上心頭。

十多年前，我還在新加坡的南洋大學任教，那天早上，在收音機晨間新聞的播報中，突然聆聽到先總統　蔣公逝世的消息，一時之間，恍如晴天霹靂，我與文芸，不禁呆立相望，不敢信以為真，等到報紙送到，趕忙打開觀看，只見標題大字排著：「二次大戰四大巨頭，最後一位領袖逝世」，我們才不得不真的相信，這是事實，　蔣公已經離開我們，仙逝而登遐了。

我們一面忍住眼淚，一面由文芸東翻西檢，找出一件黑色的衣服，剪下了兩塊方形的黑紗，佩帶在左臂之上。

往後那一段日子，我們最盼望的，是儘快地收到國內報紙的航空版，報紙一到，急忙捧回家中，與文芸仔細地看著國內同胞悼念　蔣公的悲痛情形，報紙上，一則則感人至深的報導，一幅幅使人揮淚的照片，我們都一看再看，一邊細讀，一邊也忍不住濟濟地流下眼淚，那時，文芸肚內正懷著俊兒，我怕她太過憂傷，也曾多方勸解，但是，她捧著報紙，往往是看了又哭，哭了卻又忍不住還要再看，有時，勸解幾句，自己也已是淚水盈眶了，尤其是看到　蔣公靈櫬，移厝慈湖，道路經過之處，同胞們白衣素服、匍匐跪地、野哭巷祭的情形，我們更是悲痛萬分，心傷不已。

那時，我們身在海外，對於國際局勢的變化，人情世態的冷暖，也體會得較多一點，我們一方面為先總統　蔣公的崩殂而悲傷不已，一方面也為他老人家的仙逝而氣憤不置，在我們心裡，他老人家是中華民族的偉人，他老人家是中國歷史上抗敵禦侮的民族領袖，也是光復神州的民族英雄，他的逝世，所有的十億同胞，都應該為他老人家服喪，所有的炎黃子孫，也都有義務為他老人家而佩帶黑紗的，我們只是覺得，既然大陸上近十億同胞不被允許為他老人家服喪，那麼，我們這些身居海外的國民，也就更不能不為他老人家服喪誌哀而佩帶黑紗了。

十多年前，新加坡與我國的關係並不像現在那麼明朗，在那樣一個五方雜處的國度裡，各方面的關係也極其複雜，但是，我們也只求心安而已，因此，當我們佩帶黑紗，出現在校園裡面，自然有不少異樣的眼光注視著我們，也有一些當地或外來的同事，帶著關切的神情，低聲地詢問：「是府上那一位……」，我們都坦然地回答：「是國喪！是我們老總統逝世！」然後，同事們也往往帶著驚訝的表情，口裡連聲「是！是！」而走開。

那已經是十多年前的事了，幾年前，我辭去了南洋大學的職務，回國任教，我們也很高興地回到自己的國家，為國家的進步，多少貢獻了一分自己的心力，內心也感覺充實得多。

十多年來，我國在蔣總統經國先生領導之下，各方面都有飛躍的進步，每當看到許多當年主動與我國斷交的國家，逐漸地又希望與我國恢復某種交往的關係時，每當看到這個國家、那個國家的議員要員遠道來訪時，每當看到我國的經濟奇蹟、促使外匯存底不斷地升騰時，每當看到我們的國防力量益形強大時，我們都不禁打心裡有著一份與有榮焉的驕傲感覺，也更加慶幸自己的國家有一位像經國先生那樣能夠高瞻遠矚而堅定不移的舵手。

站在靈堂中，仰視著經國先生的遺像，緬懷著　蔣公父子二人在這數十年的時光裡，為國為民所作出的犧牲奮鬥，所締造的豐功偉業，同時，也想到他們在世時任勞任怨地忍受了多少的誣蔑和中傷，心裡只是覺得，他們父子二人，給予我們這個社會、這個國家、這個民族的，確實已經是太多太多，而我們同胞能夠回報他們父子的，又該是什麼呢？

輕輕撫著臂上的黑紗，擦拭一下臉上的淚痕，我想，是我們同胞大眾挺身而起，繼續　蔣公與經國先生未完的遺志，大步前進的時候了。（77.1.20.台灣日報14版）

胡楚生，貴州黎平人，民國二十五年生，南洋大學文學博士，現任中興大學中文系教授。

同哭一聲

◎楊小雲

隱憂

今年雙十國慶，蔣總統經國先生出現在總統府前閱兵台前時，我和許多人一樣吃了一驚，他怎麼縮了一截？

在這之前，透過各種傳播媒體，我們知道、看到他健康情況差強人意，惱人的糖尿病，長期折磨著他的身體，擾心的眼疾，困散了他的閱讀力，但是，沒有任何理由，我們總以為，他挺得過、撐得住，再頑強的疾病，擊不倒他，真的，沒有任何理由，卻是那般地充滿信心，只因為，在我們心目中，他是一個敢與天爭的強者，一個有著強靭生命力的元首，只因為，他的生命應該不同於其他生命，只因為，全國人民都需要他、仰仗他，他絕不可以輕易放棄生命。

因此，當我們明知他健康不佳，眼見他和凡人一樣老去，卻抵死不肯承認這個事實，直到那天，他坐在輪椅上出現，終於我們意識到，我們最敬愛的經國先生在歲月洪流下，在病痛侵蝕中，已不復往日的健壯明朗。於是，一絲絲隱憂悄然爬上心頭，很多人真正地開始為他的健康而擔心、著急。只是，我們依舊抱持樂觀，依舊相信吉人天相，依舊以為他會永遠地帶領著我們，直到——

傷逝

事先沒有任何徵兆，誰都沒有半點心理準備，像青天霹靂，一下子爆炸出來。在聽聞此一噩訊時，有幾分鐘完全失去知覺，會是真的？這會是真的？多希望它只是個錯誤！

待耳聞俞院長哽咽地宣佈此一消息後，只覺一陣巨痛直鑽心頭，剎那間竟迷亂異常，木木然盯著螢光幕，直到榮總姜副院長報告急救經過，說到經國先生大量吐血而亡時，便再抑不住淚流滿面，傷慟至極。

多麼深烈的摧毀，會使血液由口鼻中噴湧而出？多麼沉重的傷痛，致使血脈溯流，泉湧而出？

我仰望著黑幽幽的天幕，忽然怨恨起上天的不公平，確實是不公平，像他這樣一位憂國憂民的長者，身肩歷史任務的元首，為國家獻出一切的領袖，怎捨、怎該、怎可讓他的生命一再受折磨，終以吐血而逝，不公平！太不公平了！太不公平了！天理何在？何在！

永遠的懷念

在國內沒有任何一個人，像經國先生這樣，受到全國百姓由衷的喜歡與愛戴的。

從深山到海邊，由窮鄉僻壤到大街小巷，到處有他的足跡，他的笑語；多少人曾和他聊天，多少人曾與他握手、話家常，他和大家一起上山下海，吃陽春麵喝魚丸湯。沒有任何一位元首，像他這樣深入民間，任何人有難，只要寫信去，他一定立即伸出援手，任何人有意見，只要對國家有益，他馬上接受。全國一千九百萬同胞，都是他的朋友，有時他是總統，有時他像我們的大家長，有時他又是我們的老師；有他在，大家都覺得很安心，他像船長，我們深信，他會為我們定好方位，穩穩地航向彼岸，衝過層層黑暗，渡過驚濤駭浪，沒有也不需要任何理由，我們堅信，把自己的安危榮辱交付給他，是絕對安穩可靠的。

如今，他離我們而去，我們才驚覺，他的負荷是太重了、太多了；用「壓力」已不足形容他所承擔的一切於一二。

在長夜慟哭，在傷心惋嘆之餘，我們想想，大家是否忽略了什麼？虧欠了那些？對一位健康不是很好的長者。我們是否將過多的責任推到他身上，而忘記了他需要休息，需要調適？

記憶中，不曾見過經國先生有過任何休假及休閒活動，有的只是工作、工作、工作，除了國事還是國事，近幾年來「內憂外患」交相煎迫，更令他痛心。而我們就有如一群被慣壞的孩子，不但不能體恤做家長的辛勞，反而日益囂張，直到——我們失去了他。

再出發

清晨，當第一抹陽光撥開雲層散落大地時，只見朗朗晴空一片明燦，迎著朝陽，人們又開始忙碌的一天，大家臉上一片憂戚，卻肅然堅定，於是，我想到那天夜晚，李副總統在四小時之內，宣誓就職，一切法禮秩序井然有條，便覺定心釋然，路還是要走下去的。

是的，經國先生個人的生命雖已結束，但他卻永遠地活存在每個中國人心中。

擦乾淚水，重振精神，要走的路還相當遙遠，歷史還要靠我們寫下去。這一代的中國人，沒有悲觀、自憐的權利，有的是自尊、自重，為國家開創新紀元的責任。（77. 1. 25. 中華日報16版）

楊小雲，遼寧蓋平人，民國三十二年生，實踐家專畢業，專事寫作。

當您離開我們的時候

◉尹雪曼

十三日晚上八點多，小荷在電視間看電視，我在書房中看書，忽聽一聲尖叫，把我大大的嚇了一跳。起身衝到電視間，她已經雙手掩面，在那兒嚶嚶的哭起來了！

我向電視螢光幕上望一眼，兩行黑色的大字立刻映入我的眼簾：蔣總統經國先生，下午三時五十五分病逝！

眼淚剎那間充滿了眼眶；於是，俯下身，把她擁在懷裡，任她啜泣得像一個受盡委屈的小孩。就這樣，我倆四隻淚眼一直怔怔地瞪著螢光幕，直到夜半。

當螢光幕上的畫面休止，躺在床上，思潮起伏，好久，好久不能合眼。小荷扯扯我，小聲說：「你在想什麼？」

「想得很多，」我說：「也很亂。」

「說給我聽聽，」她說：「我睡不著。」

「啊，」我想了一下。「妳記得吧？今天早上我不肯上街。妳說你怎麼還洋迷信？又不是星期五。我說：我不知道為什麼今天一大早就不快樂。不是洋迷信，但是我確實不喜十三。十三這個數目字不好。」

小荷不作聲了，可是她仍舊無法睡著。

第二天，從早上到夜晚，我覺得四下裡十分靜寂。往常，有叫賣聲、汽車喇叭聲、摩托車的引擎聲……從馬路上傳來。但是今天——元月十四日，怎麼一點兒聲音都沒有了。

推開窗，向街上張望；街上似乎只有很少幾個行人。車輛一下子全不見了！它們都到那兒去了？而那稀稀落落的幾個行人，也都是步履匆匆，彷彿有無限心事似的，急急忙忙的走著，很快地消失在街角。

電話鈴響了，我拿起聽筒。

是凱莉。她說：「老師，你還好吧？」

我「嗯」了一聲，並說了聲「謝謝」。

「我媽昨晚哭了一夜，今天早上，眼睛全腫了。蔣總統突然走了，老師有什麼感想？」

「我的感想很亂。」我說：「這個打擊，恐怕很多人都受不了！」

「我覺得現在是我們表現堅強的時候。」她很肯定地說：「過去，一切都有總統經國先生撐著，可是往後，就得靠我們自己了。倘若我們自己仍舊胡鬧，仍舊不爭氣；那麼，一切後果都得自己負責！這是我的看法。」

沒想到年紀輕輕的她會有這麼冷靜與理智的看法。於是我說：「凱莉，妳很了不起！我希望所有的人，都能有妳這樣的認識。」（77.1.18.青年日報21版）

尹雪曼，本名尹光榮，河南汲縣人，民國七年生，美國密蘇里大學新聞學院碩士，現從事寫作，並任中國文化大學、政治作戰學校教授。

總統，我不哭

◉周培瑛

元月十二號的上午，當我正準備走出辦公室的門檻時，憲兵同志禮貌地對我說：

「對不起，小姐，總統要上班。」

我退回門檻裡，把辦公室的大門掩上。靜待了五分鐘左右，總統已經進了他的辦公室，憲兵同志來敲我們的門，告訴我們說：「可以活動了。」

僅僅是一天時間的事，十四號的清晨再到辦公室來上班，就沒有人來通知我們「總統要上班」的口信和命令。真是人生無長久，旦夕顯圓缺。

很多朋友，當得知我的上班地點在「總統府」時，第一個反應大多是：「哇，你好神啊，在『總統府』吔。」緊接著的第一個問題就是：「你每天看得到總統嗎？」

碰到同樣的問題，不知百十回，我的答案永遠是：「你猜呢?!」或是用沈默與笑臉閃過。在「總統府」工作近十年的歲月裡，我不曾和任何人提過我看不看得見總統的事。用「你猜？」一方面神秘了自己的「地位」，一方面也替公家事務上的運作，添增一分保密感，總覺得自己能不在辦公室以外的場合談公事或工作上能接觸的人與事，就是盡了自己守分的責任與力量。

可是，這分神秘、保密的感覺，因著總統的突然病逝而完全消失。從元月十四號起，沒有人來通知我：「總統要上班了。」

總統上班，其實不是天大或了不起的事。那個職業人不需要上班呢？何況總統是一個領袖，需要處理許多事務，他當然要上班，來來回回，進進出出，包括接見、看公文、開會，一天上班、下班次數，不知有多少回哩。在我們上班的地方，所以會形成為一樁事情，要有憲兵同志來事先通知，是因為「總統府」裡的人員太多，每個人裡外忙碌，難免會和總統照面。他擔任領導和決策一個國家大事的職務，心裡想的、腦筋裡思考的自然紛雜。職員多，人人見到他都打招呼，他光點頭就可以累壞了，還要上什麼班，處理什麼軍機？所以後來在「總統府」裡，有了一個不成文的規定，就是當總統要進府上班時，所有的職員，稍微避開一下，讓總統能快速的由他的座車上下來，直接走進他的辦公室。我們人人遵守這道規定，從來沒有什麼人出過差錯或認為這項規定有什麼不妥。

可是有一天，我卻大意的闖了「禍」，把自己嚇一跳，把總統嚇一跳，更把他的侍衛人員狠嚇一跳。

那天上午，十點左右，我要去洗手間。早就該去了，在處理一份稿件，把上洗手間的事拖延著。拖到最後再也忍不住，一起身推了門就往辦公室外面走。

辦公室外的走廊上，空無一人，心裡正訝異：「今天怎麼這麼安靜？」突然眼簾裡出現了一位顏面非常熟悉的長者。我是近視眼，根本看不到來人是誰，就理所當然的往前走，直到和那人面對面，我才下意識的叫出：「總統好。」順勢就鞠了一個大躬。那時刻，我是想：「完了，我闖禍了，一定把大家嚇壞了，他們起初一定認為我是有企圖的人，憑空跑出來……」

耳際裡卻聽到總統慣有的聲音：「你好，你好，好，好，好。」

等我頭抬起來，回頭去看，總統已經在侍衛人員的陪同下，進了他的上班地點。

這是難有的一次經驗，事後有位侍衛來告訴大家「他們」的看法：「我們以為這位小姐有事要見總統呢！」他又說：「你們想想看，空空洞洞的走廊上，忽然出來一個人，往總統這裡走，我們是不是會緊張？不知道那位小姐的目的嘛！」他還附帶著說了一句：「總統年齡大了，眼力不是很好，小姐們冒冒失失，很容易讓人嚇著。」

我關心的不是侍衛人員的說詞和看法，我想知道的是：「總統是不是真的被我嚇到了？」如果是，別說是站在老百姓的立場，就算一個晚輩對長輩，也會感到良心不安呀！

還好，我聽到的答覆是：「沒有，總統沒說什麼，很快就坐下來辦公了。」

一次意外之「禍」，引來了好多關切，多事的人都以為我會因犯下「驚嚇罪」而受到處分或口頭警告。事實上，兩年、三年過去，沒有人來「警告」或責備過我。他們反而羨慕我「賺」到了總統對我說的：「你好，你好。好，好。」

總統的辦公室，離我的辦公室很近，又因職責關係，我們有機會到他的辦公室裡「觀光」。依據想像，一國元首的房間是華麗堂皇而又設備新穎突出的，總統經國先生的辦公室，卻很普通又平常，進去之後，沒有驚奇感，沒有新鮮感，只是一間辦公室而已，不若去到民間要人的辦公廳裡，花木扶疏，光線耀眼，景觀就夠人稱羨。

近半年時間，傳播媒體上時常報導關於總統健康的消息，每次看到，心裡頗不以為然，認為很多撰稿人員都下筆有誤。總統的真正健康情形，只有我這種敏感人員最清楚，有一次和先生提起「總統最近的身體狀況恐怕不好。」他說：「你怎麼知道？又聽到謠言了是不是？」我說：「不是，是一種感覺。」

我的感覺來自聽力。總統每回來上班時，我們的辦公室大門都關起來。如果僅兩、三分鐘，門就開了，表示總統的健康情況很好，他一下車，就可以三步兩腳的走進自己的辦公室。相反的，門關了很久才聽到再叫我們開門的聲音，就表示總統的身體有恙，動作慢了些，腳程也緩下來。

他的座車，停在我們辦公室正門口，他的侍衛人員經常在我們辦公室門口聊天、值勤。我曾經試探性地問他們：「是不是總統最近身體不好？」他們不給我正面答覆，但是我信任我的聽力和判斷，像有一陣子，總統因眼睛而開刀，他從下車到進辦公室的那一小段路程裡，就整整需要十多分鐘的時間呢！

曾經有段時日，我想把我的「感覺」找個親朋好友來說說，可是我卻一直不敢說出口，不是跟「洩密」有什麼關連，而是我怕說到「他最近不好」這句話。記得母親因病入院時，最怕聽到的一句問話就是：「你母親好不好？」總統的身分、年齡，一如家長、父執，我又如何願意開口說到「不好」兩字？辦公室裡存放許多總統的書籍，如訓詞、故事、嘉言錄，每當情緒不夠穩當時，最愛翻出來警惕的兩句，一句是：笑，是仁愛的表達，快樂的泉源，親近別人的橋樑，有了笑，人類的感情就溝通了，什麼事也都好辦了。

另有一句是：哭，是弱者的哀鳴，你哭，頂多引起人家對你的同情，於你的事業卻毫無補益。哭，只是增加別人對你的恥笑，所以要擦乾我們的眼淚，鼓起勇氣。

總統有一回上班，看到我們辦公室的門板上亮著紅燈，就對他的侍衛說：要找一天來看看。他大概是想了解一個播音系統的輸送業務情形。

我們非常興奮的準備了簡報和資料。我的心裡，還別有一番「底案」，打算在他問到我的工作狀況時，向總統報告：「不管我的工作帶給我什麼，我不哭，我只會笑。」

卻由於總統的事情太多，身體不太好，這項「視察」一直沒能實現。辦公室裡的同仁，大半都遺憾和失望著。

元月十三號上午，辦公室兩位男職員，循例到總統辦公室裡工作。往常一向順利的檢視，這一天格外棘手。好像有什麼東西作怪。其中一位說：「怎麼線路突然失靈了呢？萬一總統要用，就麻煩了。」我們一旁聽見的人，只當一句話聽過，心裡沒有什麼反應與感覺。

誰知道，下午，就傳出了總統病危的消息。我起初以為又是謠言，而且猜測這謠言必定又從股票市場出來。後來得到了通知，想起這天的上下午，果然沒有看到總統的座車，也沒有聽到憲兵同志說：「總統要上班了。」就知道一直和我們是辦公室鄰居的總統，真的離開我們了。

他再也不會到我們的辦公室裡來，我再也沒有機會告訴他要笑，不哭的領悟。但是他說：「你好、你好、好、好」的聲音，永遠如晨鐘，敲打在心裡。（77.1.15.新生報23版）

周培瑛，山東人，民國四十年生，現任職於廣播界。

淚的洗煉

◉惠　天

經國先生走了，沈默二十小時之後，在自己家裡嚎啕大哭一場。起初懷疑是否自己情感過於脆弱？這十多天看到國人許多呼天搶地的悲傷情形，才知痛哭他老人家的遽逝，出於正常的至情至性，不哭才有點反常。

哭是一種發洩，一種紓解，哭後會感到輕鬆舒暢。上蒼賦予人類表達情感的豐富寶藏，笑和哭同樣巧妙，同樣重要。只有人類才有這寶藏，該使用時要不吝嗇、不矯情的善加使用。

中國人本來是一個重情感的民族，把「情」字放在「理」與「法」之上，因為國是家的擴大，倫常觀念涵蓋了人際間任何的上下縱橫關係。百多年的國家苦難，使每個人都產生血脈相連，休戚相關的「同命心態」。經國先生走了，失去的不只是我們的總統，失去的是和我們一道受屈辱熬煎，享成功歡呼的朋友；失去的是帶我們走過艱難困苦，向我們噓寒問暖的親密家人。

有一位美國女士問我：為什麼你們失去總統會這麼悲哀？我怎樣才能說清楚？她怎樣才能聽明白？不！她是不可能明白的。因為她沒有經驗過內憂外患的折磨，她沒有體會過安危與共的大愛。一句話：因為她不是中國人。這份情感僅憑選票關係或「政見」異同，是塑造不來的。

哭可以發生思想觀念的洗煉作用，但要自己發自內心深處的痛哭。看人家哭，可能感動掉淚，不會發生這種作用，因為激不起椎心泣血的痛苦省悟。全民為失去經國先生痛哭，說明我們全民內心深處有共同的愛戴，共同的想法，和共同的期望。我們共同認定，他一生真的是燃燒自己，照亮社會，為了我們鞠躬盡瘁，死而後已。不是認定就算了，它會使我們的思想觀念，經過洗煉，不斷提昇。

他走了，我們體會到他生前所強調「服務」兩字的實質。「以服務代替領導」、「為民服務」，要踏踏實實去做，不是口號。人竟是那麼脆弱，說走就走了。當我們還沒有「走」的時候，把握今天現在，盡其在我，全力以赴，做好自己的工作。做好工作，任何行業所獲得的「服務」價值，都是一樣美好。一樣可貴。

他走了，我們不得不跌入現實，面對現實。「死亡」竟是這麼殘酷的現實，再也不能依賴他。要生存下去而且要生存的更好，就必須擦乾眼淚，站起來繼續前進。「我們是為勝利而生的」！他生前帶領我們走了無數的「勝利之路」。今後要創造更多的勝利，就要督促自己有更嚴格的洗煉和提昇。

他走了，我們才發現，他苦口婆心要我們勇敢挺進的道路，是生存繁榮下去唯一的道路：和諧團結、安定進步、民主法治、反共反臺獨。除此以外，還能有什麼道路？

淚的洗煉，使我們的信心更堅強，民智更成熟。（77. 1. 29. 臺灣日報 14版）

惠　天，本名段家鋒，河南省澠池人，民國十三年生，政治大學東亞所碩士，現爲自由作家，並任政治大學東亞所教授。

淚眼下的省思

◉官麗嘉

自政府宣布解嚴，國家走向開放之後，社會較前紛擾不安，政治氣象也有些膠著，許多人因而有氣悶與惶惑之感。大家一方面有所建言與行動，一方面也在等待經國先生下一步要怎麼走。然而，就在頃刻間，一切都改變了，為眾所仰望的經國先生，忽爾離世而去。

他在前一天還曾到總統府上班，他原打算親自主持當天的中常會，他腦中縈繞著許多問題正待有所決定，他還打算召見許多黨政軍要員共商大計……，然而就在頃刻間，一切都改變了。進步、週到的醫療照顧，許許多多愛他的家人親友，及敬他的僚屬、人民，都在那一刻宣告束手，都無力挽回他的生命。

經國先生就此走完他在世的路程，他已就此息勞卸苦，再也不用負人所不能負的重擔、忍人所不能忍的辛苦與謗怨。

近日來，大傳媒體紛紛報導舉國上下對經國先生的哀悼與傷痛，我們看到許多人痛哭流涕、頓足捶胸，不捨之情溢於言表；我們也聽到許多有幸與經國先生共事，或有機會結識他的人，具體描述經國先生令人欽佩、感懷的種種言行。然這樣看著聽著，多少人也就淚溼沾襟。

這些天來，國人的哀傷之情真可謂「淚流成河」，而那些幾可匯聚成河的淚水，似也就洗清了好多好多東西，讓我們躁急、煩亂的心情沉靜下來，並能較清明地觀照一切。

「民進黨」籍立委也紛紛發表談話，對經國先生的德操志業，及一生為國為民的犧牲奉獻，均至為推重。他們有不少也流下了眼淚，在淚眼迷濛中，言語行為似也理性、平和不少。

經國先生是一個人，自然不可能超凡入聖；他執政掌權多年，所作所為自也不可能盡如人意。其間或也有人對某些事不以為然，或因個人恩怨而有些不滿，此時，一切似也隨著經國先生之逝，因著那許多由衷而流的淚水，而以為不再值得一提，或就此一筆勾消了。

過去大傳媒體曾做過不少有關經國先生的報導，但不如近日來報導得詳盡、深入；或許也因經國先生已逝，有關他的生平、經歷及諸般作為的點點滴滴，如今讓國人格外感覺彌足珍貴，而特別用心去捕捉與體會，因此更為感佩。

將種種報導串聯起來，我們可以了解，經國先生出生、成長、學習的背景相當特殊，所見所聞所識，及工作上的歷練，也不比尋常，因而造就了他非凡的志氣、毅力、度量，憂國憂民的胸懷，及深謀遠慮、高瞻遠矚的智慧。這樣的條件與緣會，使他逐步成為國家最高領導者，終也贏得海內外同胞的尊敬與愛戴。

回顧經國先生一生，究其崛起的過程，實可謂一切都是理所當然。不過，若從非常人情的角度來看，不禁令人另有一想：其實，又何必讓其成為「必然」呢？那樣的堅苦卓絕，那樣的執著，那樣的操危慮患，難怪他會有「我這一生走的都是崎嶇的道路」、「世上恐怕沒有比我更苦的人」的感慨，因為那種種經歷確實是「強人所難」啊。

由於他是　蔣公之子，他從小就承受相當的期望，青少年時即離鄉背井遠赴西伯利亞，在冰天雪地中吃盡苦頭，十四年後才得以回到故園，此後即一直得比一般人更謙虛、更努力、更謹言慎行。幾十年來，他負責過許多最艱鉅的工作，去過許多最危險的地方，他一步步克服難關，完成任務，一直不能發一點怨言，也一直不能期待稱許，只因為他是　蔣公之子。

他待人一向極為細心、週到，總是滿面笑容，總是不斷對人說「辛苦了」、「對不起」、「謝謝你」。他的生活非常儉樸、單純，從不曾置過產，唯一的樂趣就是與民眾接觸。

他曾無論寒冬酷暑，走遍全台各地，與地方官員、民眾直接接觸，他對大家噓寒問暖，關懷備至，他真心誠意為大家解決問題。

直到他體力漸衰、行動不便了，他還是記掛著各地軍民，他還說：「身體上的病痛算不得什麼，因為想念民眾，又無法和大家見面，那種『心苦』才是真苦……。」

最後二年他真是極力苦撐，他確實做到了「鞠躬盡瘁死而後已」，即使是原本不太了解或不太贊成他的人，於此也不得不歎服他燃燒自己的精神。

經國先生一生克己復禮，並持續不斷地服務、奉獻，而逐步累積實力、聲望，爾後在眾望所歸之下執政多年。他的權威基礎十分穩固，是屬「強人領導」的一種典型。

未來，我國應不太可能出現像經國先生這樣的「強人」，政治上也應會順應實際情況與時代潮流，改為走向「集體領導」。不再有「強人領導」，無論對當事人，或對國家整體，似也是較合於情理與時宜的事。

當一個國家或一個團體出現強人領導時，領導者固極值得讚佩，但其同仁僚屬，在各方面卻難望其項背，為人行事難免戰戰兢兢，甚至「每事問」，遇事不僅不敢作主，也不敢多作說明或據理力爭。久之，強者可能愈強而弱者愈弱，多少會影響決策品質與行政績效，擔任要職的幹部，也會予人「缺乏擔當」的印象。

如果一切依現代民主化、制度化的觀念而行，領導者執政掌權的時間有一定期限，即使其能力、政績、個人魅力都很強，亦較不致形成這類問題。是故雖然我們的傳統政治文化中，確有期待英雄、仰賴英雄的成分在內，我們也應正視其可能產生的副作用，俾作一適度的調整與轉向。（77.1.28.中華日報17版）

官麗嘉，廣東陸豐人，民國三十九年生，政治大學新聞系畢業，專事寫作。

哭泣之後

◉匡若霞

在屬於我個人的傷痛尚未平復之際，驚聞蔣總統經國先生逝世的噩耗，使我陷於更深沉的哀慟中。扭開電視機，螢光幕上一片黑白畫面，看到的是憂戚的面容，含淚的眼睛；聽到的是哽咽、悲泣的聲音；有人捶胸頓足、有人跪地哀悼。心裡好難過，忍不住潸然淚下，我哭了。

腦海中清晰的湧現出總統生前的種種行跡和影像；他愛護大眾，深入民間，不辭辛勞奔走於山地、農村、漁港、工場，或是前線鄉野，盡力解決問題。經常見到他和年輕學生們握手交談，與老農及榮民們閒話家常；他曾坐在小攤上進食，殷殷垂詢攤販的生活實況；也曾懷抱著陌生的稚齡孩童，呵呵地逗笑；他關懷捍衛國家的官兵，曾經與戰士並肩佇立於前哨，探視敵人的動靜。

十餘年前，總統以驚人的魄力，排除萬難，推動十大建設，創造了經濟奇蹟，帶來社會的繁榮。而最近一年多，更以高瞻遠矚的見識，偉大的胸襟，毅然宣布解除戒嚴，開放大陸探親，這些進步的措施，政治的革新，贏得海內外一致的崇敬。

如今，這位和藹可親的大家長，我們敬愛的總統先生，遽然離開了，他已走入歷史。思及他慈祥的笑容，親民愛民的長者風範，以及開明睿智的作為，我們永遠難忘，怎禁得全民悲慟唏噓，同聲一哭。

然而，在哭泣之後，感念他為國為民，奉獻一生，我們應該化哀傷為力量，全國上下，團結一心，摒棄私見，各人堅守自己的崗位，盡一份職責；同時發揮道德的勇氣，使是非分明，維護社會的秩序與安寧。

猶記得總統說過：「最大的障礙，阻擋不了一個有勇氣的人！最逆的環境，困擾不了一個有抱負的人！最難的任務，壓抑不了一個有擔當的人！最苦的遭遇，磨折不了一個有志氣的人！最狠的敵人，打敗不了一個有決心的人！」

只要我們有抱負，肯擔當，有決心和勇氣，必然能夠突破障礙與危難，奮力向前邁進，完成那未竟的志業。（77.1.23.青年日報21版）

匡若霞，湖南岳陽人，民國十六年生，湖南大學肄業，愛好寫作。

在擦拭眼淚之後

◉顏崑陽

元月十三日晚上，電視的畫面突然插播一樁驚人的消息，俞院長哀傷地宣佈總統崩逝了，我起先覺得非常吃驚，接著是感到非常難過。真的，近些年來，已很少為了什麼事這樣難過了。不到三歲的小女兒，還在旁邊逗笑；但我和妻子都笑不出來，她臉色的凝重，我看得很清楚，卻不知我在她眼中會是怎樣的表情，恐怕就像這片凄寒的夜色吧！

平常，我只是平靜地從事文學研究、教育及寫作的工作，很少涉及政治。對我而言，總統一直是那麼高那麼遠，彷佛與我沒有什麼關係。然而，一旦聽到他崩逝，卻怎麼這樣深切地感到生活突然失去重心和倚靠；就像太陽一樣，當他一如往常地高掛天空，我們總是那麼當然地接受他所賜與的光亮與溫暖，而不覺得他有多麼重要。等到突然日蝕了，甚至永不再現了，我們才恍然地感到已經深陷黑暗，也才明白他對我們竟然是那麼不可缺少的。

民國七十六年，是中國現代史上非常重要的一年，整個臺灣幾乎人人可以感到狂濤巨浪的搖撼。什麼都在變！變得和往常不一樣了。而在這大變局中，總統給我們的感覺，始終就像泰山那麼穩固——真的，很多人都這樣對我說過。我覺得，他真是一位足可維繫變局的領袖；不管時代怎麼變，只要有他在，你就必然可以覺得什麼都不怕。一個維繫變局的領袖，首先必須具備高度的理性，不管遇上任何政治性的大刺激，都不會做出衝動偏頗的反應；其次，他必須具備卓越的智慧，能洞燭機先，才不至於被眼前的利害所矇蔽；又其次，他必須具備果敢的魄力，能做出大幅度改革的決定；最後，他還必須具備恢宏的氣度，能包容政治上的反對勢力。從近年來的大變局中，很多事實證明了他的確具有這些優越的領袖條件。

不幸的，這樣一位優越的領袖，在還沒有見到，這時代如何走過變動而趨向穩定，再創輝煌的格局，便突然崩逝了；這實在是時代的大不幸啊！不過，哀傷儘管哀傷，歷史卻還是那麼必然地演變下去。我們在擦拭眼淚之後，想到的第一件重要的事情，恐怕就是我們這變局應該怎麼繼續走下去。我只有一個希望，不管那一行業的人，都能堅守在自己的崗位上，並且像總統一樣能超越個人的私利，真正為整個國家的前途著想，那麼，總統就還一直活在我們全國同胞的心中。（77.1.14.中央日報9版）

顏崑陽，臺灣嘉義人，民國三十七年生，師範大學文學博士，中央大學中文系副教授。

哀悼中的沉思

◉鮑曉暉

以晴天霹靂來形容故總統經國先生的逝世，一點都不過份。

那天，是個暖洋洋的冬季下午，有陽光有薄雲。

我們幾個朋友坐在一位詩人新開張的茶館裡，品茗談笑，而就在那一刻，我們的領袖總統經國先生離我們而去。

他走了，就如陽光隱沒雲中。天陰霾了，天若有情天也悲，這些日子晴陽不再露面，台北的天空時斷時續的雨下個不停，這些雨滴澆在心頭更增悲思。

我們在悲思中掛上了黑紗，看黑白電視上一遍又一遍的播放他的生平、他的思想、他的意願。我們才發覺我們知道他老人家太少，太不瞭解他，虧欠他太多太多！

他老人家猶如我們的慈祥、溢滿愛心的大家長。而我們卻是一群吃飽喝足，不識好歹的忤逆子孫。

他老人家在世時，是一棵濃蔭密佈的大樹庇護我們，為我們遮風擋雨日晒，我們無視他的辛勞，認為理所當然。

他生前足履遍及本島離島每個角落，探民隱尋民瘼，我們漠視他的苦心愛心，認為是他該做的。

他為我們開拓了新生活的境界，跳出幾近半世紀的窮困，成為世界最富的島居國民，享受所有現代物質的富裕，我們認為是自己「天生」的福氣。

我們是一群被溺愛慣壞了的孩子！

任意無理要求自己所欲，不考慮家國的利益，全站在自己私欲利益的立場來詮釋民主。不能達到目的，是大家長不民主。走上街頭嘶喊咆哮！謾罵！誣衊！全然不知父母視眾多子女是十個手指。十指連心，他老人家容忍、安撫、憂心忡忡。而我們全不體恤親心，各為己謀！不顧家國的整體利益！

而今，他老人家走了。我們在哀痛中才想起，回憶起他千般的好，萬般的辛勞，但已人天永隔！不知我們是否會靜下心來，在哀思中反省、覺悟、慚愧？（77.1.30.台灣日報24版）

鮑曉暉，本名張競英，遼寧鐵嶺人，民國十五年生，瀋陽國立東北大學畢業，現任教職。

自期自禱

◉亮 軒

對於蔣故總統經國先生的一生，可以說的話當然有很多，若要以最少的字數來表現，莫過於「忍辱負重，艱苦備嘗」八字。相信他的僚屬也不能不同意，他在政府官員中不僅負的責任最多，吃的苦也最多。這麼一位一輩子吃苦的人，卻無一絲暴戾之氣，每次出現在公眾前面，總是平易近人，和藹可親。誰也看得出來，他從來不擺姿態，他的笑容由衷而發。他的去世所以引起全民之哀悼，與他的從不做作，發於天然，極有關係。

晚年糖尿病對蔣經國先生真是很大的折磨，因為他大半生都是在外東奔西走，渴望與最樸質的百姓接近，而且他也酷愛大自然，寧願多享受山巔海角清純的空氣。糖尿病偏偏最容易勞累疲倦，能支撐得這麼久，固然要拜現代醫學之賜，而經國先生以天下為己任的使命感，也應當是一股很重要的意志力量。他那不屈不撓的意志力，在他一生許多的經驗事跡中都顯現出來。台灣省的開發，都是他排除萬難餐風飲露親自跋涉勘察規劃的，政治人物有此不怕勞累不避艱難的草根性者，至少在經國先生的那一代中，極為罕見。

意志力堅強的人容易流於頑固，經國先生卻能保持常人難及的開放開明之心胸，這一點尤其難能可貴。只有最真摯謙和的人，在擇善固執之外，尤能察納雅言。近年來台灣各方面的開放與進步，若無經國先生的眼光與心胸，恐怕沒有這麼重大的突破。舉世共欽，實非倖致。在中國近代史上，要找如此甚至能令他的對手也不能不折服的人，真不多見。

經國先生生前的權力，事實上也不為小。權力容易腐化人心，但是經國先生對於權力，可以說具有極度自我控制的功夫，非常之難得，不是全心全意為天下謀，如何能達到此一境界？治國只靠自我抑制的功夫當然不夠，經國先生是一位把中國領到了歷史性抉擇關頭的政治家，國內外的局勢詭譎險惡，表面上看是一片繁榮，偶一不慎，數十年孤忠與心血便可能毀於一旦，更可能把國家導引到難以自拔的陷阱，在這個當口，常常會有差之毫厘失之千里的威脅，經國先生卻已經充分證明了他的沈著睿智已為未來的中國預先根植了生機。

最好的證明莫過於在他過世之際舉國上下哀戚中仍不失穩重的局面。放眼世界，特別是第三世界，政治領袖驟然崩逝，卻於社會之安定、繁榮、進步之節奏毫不相擾者，能有幾國？中華民國值此之際能有此表現，感慨之外，不能不感激經國先生有遠見的規劃領導。

今後再要見到具有如此風格之政治領袖並不容易，經國先生是傳統政治環境中的典型，有絕對的使命感，也有毫無保留的奉獻心，能以德望服人，又能以智慧謀國，更能走在時代的前端，卻不失穩定精準的尺度。今後的政治環境勢將展開一個我們自己要領導我們自己的時代，每一位老百姓都應當在蔣總統經國先生崩逝的那一刻起，自期自禱：做一個有理性、有勇氣、有擔當、能為天下謀、為萬世謀的現代中國人。（77.1.16.民生報18版）

亮軒，本名馬國光，遼寧人金縣人，民國三十一年生，美國紐約市立大學廣電研究所碩士，現任國立藝專廣電科主任。

他教我們敢於面對現實

◉朱　炎

朋友急電告訴我：「蔣先生去了！」我愕愕然，不能相信。望望電視機，遲疑著不敢去開。岳母忍不住，扭亮了螢幕，淚水隨即嘩嘩然傾瀉而下。我心裡難受，只是沈默。

回想這一年半載，我深深覺得，他確實教我們敢於面對現實。在政治、經濟各方面，斷然堅毅的措施，逼使我們加快腳步，認清自身的才智和本領，去迎接世紀必然的衝擊。極難得的是，蔣先生在身抱重病的狀況下，仍然洞明中國該走的前途，勉力為我們作了這麼多事，我除了徹底的欽佩之餘，不得不說這種異乎凡人的明智頭腦及過人魄力，是歷史上絕無僅有的事。

放眼世界局勢看來，國家元首一旦駕崩，許多國家終難免於政局動盪，人心惶惶然無所適從。但是，蔣先生雖然走了，我卻能感受到他的精神充滿了社會的每個角落。我們儘管悲慟，但內心卻很強壯。面對新的局勢，固然需要一段時日來調適，我卻能篤定地說：中國的前途是光明的。

我們感謝他，在辭世之前，力排萬頃凶濤惡浪，為我們掌穩精神的舵。他既指引了我們一條明確的航線，憑著信心和毅力，我們必能達成民族的大願。（溥心整理）（77.1.14.中央日報8版）

朱　炎，山東安邱人，民國二十五年生，西班牙馬德里大學文哲博士，中央研究院美國文化研究所研究員、臺灣大學文學院院長。

驚慟與憂傷之餘

◉朱西寧

時報的記者朋友電話相告「總統過世」，一時頓感眼前的人世一片黯淡。

儘管在等待電視特訊證實之前，一直還在抗拒不受這一則太過意外而國人任誰也都不願接納的噩耗，卻已難忍錐心的驚慟與憂傷。想日沒月落，尚有來朝來夕可待，大星殞去將不復再現。多少歷史事功未竟，而掌舵者猝逝，遺民何堪？豈僅是生與歿傷別永訣之痛！

總統的一生事蹟及其貢獻于家國的功業，自必一一入史，流傳後世；尤以晚年的大展雄圖，更值得史筆大書。然而近些年來，每覺其腳程太快，大步前行走去太遠，左右甚少跟蹤得上，總統的晚景寧是寂寞而孤單。

總不能說那只是出自單純的感于人生苦短，時日無多而加快步伐趕路罷？快速不一定絕對，而世道縱橫，可以是歧途，可以是極端，也可以是倒退，則馳行于這些或左或右的航線上，差之毫釐，不過加速其謬之千里罷了。可嘆惜的是大道之行也，而眾皆視為畏途，以至裹足，唯見總統形單影隻，踽踽前行，令人不禁為之慨嘆，與之同感：「前不見古人，後不見來者。念天地之悠悠，獨愴然而涕下。」

然而又幾人能知得切，知得真？當其備受一撮小人捏造立傳，橫加侮衊時，竟不置一詞，尤未行使人權或其職權稍加干預；我生也魯鈍，至此始知總統之直、之厚。前此我也會如他人一般憤慨，對此只能視之為年老氣衰，多所懦怯；或稱頌那是「相忍為國」。卻不知國之元首何懼于一撮小人；尤不知小人本無國，對之有何可為？而總統也未必用得著為之「相忍」。連日寇、中共尚且尊崇國父不敢有片言微詞，而彼小人照樣誣之詆之，則其妄言孰誰信之！

我甚信日人曾一時倡言「民主為必要之惡」，而堅信「民權」。然而既屬「必要」，「民主憲政」至少可被專制獨裁。這也是深受總統期切此大力建設所感召，始知其真其誠。至于朝野極端保守者，我也知其難以自棄之苦，際此內憂重重，外患不已的處境，人唯見歌舞昇平，不識戰機無時不在蠢蠢欲動，高度的開放不羈，確乎令人放心不下；而總統義無反顧，雖萬人我往矣，也確乎令人捏著冷汗。然而這就要較量誰有出乎至真至誠的信心了。

如今總統棄我眾民而去，驚慟之情容或可因時日淡去，憂傷之事則由不得你我。總統在世時尚且甚少與之相知同行，相共信心，今後但得皆懷抱愧之情，保住行于大道，為安穩而緩進，也未始不妥。然而，凡出于上帝者莫不有其美意，我們若因總統猝逝，歿既不願，存尤不甘，哀悼追思中反得深刻的體念到遺志未竟，皆我之過，幡然覺迷，朝野一心，急起直追而迎頭趕上總統所為我等排定的進程，則足為家國天下及十餘億同胞徼天之大幸矣！（77.1.15.中國時報18版）

朱西寧，本名朱青海，山東臨朐人，民國十五年生，杭州國立藝專畢業，專事寫作。

走他為我們開拓的路

◉白慈飄

許久了，我常常注視著他，他的溫婉敦厚、平易近人的臉。少有政治人物可以引起我這樣的注目。他一定了解，他的身份地位，可以帶給人更多的光熱，所以他就不斷的給予，從他出任行政院長起，他像宗教家，把他的關愛帶到大城小鎮，帶到窮鄉僻壤，帶到深山村落。他有許多值得稱頌的政績，我最是欽服他不辭千里的深入民間，他甚至比里長更親近我們。

民國六十五年新春，他到吾鄉埔里附近霧社春陽部落，在雜貨鋪子裡，和八十歲的店老闆許老太太聊天，院長問許老太太，部落裡大家的生活怎樣？許老太太說，以前每天下午一到電視播出節目時間，她的鋪子裡都擠滿了看電視的人，現在大家都不來了；因為他們家裡都有電視了。不但有電視，連冰箱、洗衣機都有了。

許老太太國語生硬，說起話來有些口吃，惹得大家哈哈大笑，院長也笑了，他直誇許老太太頭上戴的珠鍊帽子漂亮，許老太太動作靈敏，進屋裡去取出一頂也鑲了珠鍊的帽子，為院長戴上，她說：「這頂更漂亮，這頂是酋長戴的。」

都戴著珠鍊帽子的老太太和院長，相視而笑。

生活在山中的許老太太，也許不知道蔣院長是什麼人，她所能感受到的，或許只是店裡來了一位友善的貴客。從小我所認識的春陽泰雅族山胞，他們總是那麼熱情、好客、慷慨，尤其當他們覺得對方是一個可以信賴的朋友，那怕只是初見面的陌生人。

南投縣鹿谷鄉開發為風景區以前，蔣院長到過多次，民國六十二年秋天，院長第一次來，在鳳凰山中，看見一座石碣，上有「萬年亨衢」四個字，其字筆力雄渾，意態磅礡，在村民的解說下，得知這座石碣是百年前清將吳光亮率兵開闢八通關古道時，親手寫在石上的紀念。院長聽完古道故事，十分動容，回臺北後，在影劇界一個聚會上，特別向眾多影劇從業員談起這個故事。曾經親自參與東西橫貫公路開闢的蔣院長，對吳光亮及士兵不計個人安危，在毫無科技輔助的艱苦情況下，於森林茂密，山勢險阻的中央山脈中，開出長達二六五華里的道路，感受自然要比別人來得深刻。他勉勵從業人員，多拍吳光亮開山闢路這樣有益世道人心題材的電影。院長可能自己不知道，他對土地出於真誠的愛，先已感動了我。

他經常深入山區，充分領會到山林的好處，他願國人都能享受到山林的美妙。民國六十五年九月，他在立法院報告，要積極發展森林旅遊事業，他在報告中提到的一點，特別引起我的注意，他說，開發森林公園，目標一部份為未開發森林風景區（五年後，鹿谷鳳凰谷鳥園果然成立），一部份則為公地，公地此後不再放領，要做公地公用，譬如闢為森林遊樂區，讓國人到高山、森林去，吸收新鮮空氣，並開闊心胸。這樣，要比放領少數私人，肥了私人荷包要好許多，且過去政府機關辦理公地放領時，常常發生流弊，害多而利少。

有所為的政治家，施政莫不以多數人的利益為依歸。反特權、反貪汙，正是蔣先生廣受人們稱頌的地方，自行政院長到總統，他四處探訪民情，絕非做做樣子而已。有一年，他對一名電視製作人說，觀賞他製作的電視劇，看見好人被欺負就焦急，壞人行惡就生氣。這種坦誠的流露，使人驚喜我們的領袖是有熱血，有真情，十足人性的人，他能惡我們所惡的，憂我們所憂的，我們還有什麼不放心的呢？

去年行憲紀念日，我搭乘王君的便車返鄉，王君提到他的最近到日本讀書的阿芳，前一天從日本打越洋電話回家，提到宿舍管理員夫婦，他們看到阿芳，講不到幾句話就跟阿芳說，他們很敬佩臺灣的蔣總統。阿芳電話裡說：「聽外國人稱讚我們總統，我感覺非常光榮。」

我們行駛的公路平坦寬敞，公路原來狹窄彎曲，蔣先生那幾年常到鄉下來，看到這一條公路路況不佳，責成有關單位拓寬改善的。可惜現在他不再來了，雖然知道他的健康不佳，我們認為他只是行動不便而已。因為一年多來，政治上一連串的革新，顯現了新的活力。

可是三個星期後，從電視上獲知他去世噩耗的木人君，電話急急帶給我這個不幸的消息，我一聲尖叫，說不出的驚愕、惶恐、哀傷，立刻掛下電話，扭開電視，木人君所言竟不虛！

我不再驚愕了，人都要離開這個世界的，如果時間允許，他自己也願意留下來，為中國人做更多。而他已經為我們做許多了，歷史上這樣的偉人，也許不只他一位，他讓我們在這個時代看見，並且身受德澤。我所深深感念的，是他在身體並不健康的近年，仍然殫精竭慮，做最終也是最珍貴的奉獻，用他的愛和智慧，推動民主改革，使國家呈現空前的開明局面。

接任的李總統給了我們同樣的信念，當李總統就職的那一刻，坐在電視機前觀禮的我們，突然有所領悟，學有專長、心胸開闊的李總統，是蔣先生生前睿智的選擇，必然的，李總統將順著蔣先生「積極推行民主憲政建設，加速完成三民主義統一中國的復國大業」的遺志前行，我們不會遲疑，因為光明的道路，蔣先生已經為我們開拓完備。（77.1.30.台灣新生報 23版）

白慈飄，本名白宓票，臺灣南投人，民國三十四年生，臺中高職畢業，專事寫作。

接下他未完成的工作

◉符兆祥

我一直有文人的天真，對政治不感興趣，認為政治是汙濁的，參加政治活動的人都是政客。這幾年來，由於生活在南美，使我看到那裡的經濟紊亂、建設落後，人民貧富的差距，令我了解到國家的重要，政治更是與我們有切身的關係。一位國家的領導人，他的思想與作為，與人民的生存有莫大的影響，我開始珍惜自己的國家，並且關切它，在這麼一個小小的島嶼上，資源貧乏，生活在小島上面的人民飽經戰亂。一切好像都奄奄一息了無希望，可是經過四十年艱苦歲月的奮鬥，政府與人民在平淡平實中同心合力，一點一滴的累積，生活奇蹟的呈現了新境，國家踏上了新的機運，顯示了中國人生命力量的不凡與偉大大。在這歷史的階段中，蔣總統經國先生是他捲起衣袖、翻山涉水，領導我們一塊塊、一斧一痕開鑿了今天的道路。

我是復興崗的學生，當學生，經國先生已離開學校創辦青年反共救國團。但，只要有閒暇的時間，他都會出人意料的回到大屯山來。我從許多學長那裡聽到許多有關他的事，他如何率領崗上的革命伙伴，同甘共苦建校，他親自規定復興崗的子弟要誠實，他要復興崗的子弟鐵肩擔道義。這些年來，當年同班同學怎麼樣我不知道，我自己卻很清楚完全沒有做到他所期望的。而經國先生，全國同胞都有目共睹，他實實在在奉行不渝，他是一位篤實踐履的人，尤其到了晚年，他推動經濟建設、政府改革，受盡了攻訐、侮辱、誹謗，台北街頭的書報攤，排滿了無中生有、歪曲事實的文章、報導，他都寬容的承受，他那偉大的胸襟，不是一個普通人能擁有的。

在復興崗的時候，也時常在那裡聽到有關他從莫斯科到西伯利亞的悲苦生活，從贛南到橫貫公路的開發，從大金門、小金門到八二三砲戰的驚險。他從不矜誇，仍是默默的先民之苦而苦、後民之樂而樂，別人在他的年紀裡早已在家裡頤養天年，而他卻仍以抱病之身，一直鞠躬盡粹，直到死而後已。

我在南美，到過巴西、阿根廷、玻利維亞、巴拉圭、秘魯等地，當地人都知道我從台灣來的，都會以羨慕的口吻讚揚，無他，巴西外債已到了一千一百億，最少的巴拉圭也有十五億美元。他們經過大眾媒體的傳播，都知道中華民國的外匯已積存到七百多億，巴拉圭朋友時常要我請客，他的理由就是中國人有錢。

南美人極為單純，他們只知道中國是一個富庶的國家，比當今第一等強國的美國還有錢。他們不知道我們國家四十多年來的慘淡經營，流了多少的血淚，付出了多少刻骨銘心悲痛的代價？最要緊的一點，我們有一位平凡而英明的領袖在領導我們，他默默的活在島上二千萬人當中，那裡最危險、那裡最窮困，都看到他的身影。他調整了國家的政治體制，推廣了民主改革，使我們這一代中國人，享受到最富庶繁榮的生活。

我不再認為政治是汙濁的，不再認為參加政治活動的都是政客，那是蔣總統經國先生啟迪了我。政治是關心，政治是愛的表現，他這一生參加了那麼多的政治工作，目的只有一個，他愛中華民國，愛中華民國每一個人，他每天不停的工作，就是要為我們的自由民主、自由經濟奠基，要三民主義「向下紮根、向上結果」。

勞苦憂傷的一生，他的逝世，給我們的不只是驚慟、哀傷，也給了我們不少深思的感受，讓我們都捲起衣袖，接下他未完成的工作，而這一代、下一代、千千萬萬代的中國人不斷的奮鬥。

至於他，我們敬愛的蔣總統經國先生，讓他豁達不息吧！他已盡了他的責任，把他一生的愛留給了我們。（77.1.18.中華日報17版）

符兆祥，海南文昌人，民國二十六年生，政戰學校畢業，現任中華民國著作權人協會秘書長。

回到崗位上

◉許薌君

一月二十二日，早晨八點。

我從大直往忠烈祠的方向走，天氣很好，陽光輕輕柔柔照著，天地間一片晴和。

繞過海軍總部，就可以看見路邊擺滿了香案、黃花、素幃、白燭，路祭的人穿著素淨的衣衫，手臂別著黑紗，陽光下，我看到一張張莊嚴、凝重的臉。

像平時一樣走上三樓，進入辦公室，我靠窗的座位可以很清楚的看到北安路上的香案和路祭的人群。我在窗前站了一分鐘，遙想設在榮總懷遠堂的靈堂和整個移靈的路線，然後，定定神，回到座位攤開經國先生的著作。

經國先生，在廣播稿上，我們經常這樣稱呼您。唸著這四個字，心中感到無比溫熱。

整整一個星期，我埋首於您的著作。很慚愧的，在電視裡看了您那麼多年，在報紙上讀了您那麼多事，我卻從沒有像這一個星期一樣，那麼深刻的去認識您。

展讀您的文章，在字裡行間，陪著您再一次風塵僕僕的走過一生歲月。

我彷彿看到您生了重病，睡在遙遠的俄國一個小火車站的燒水房裡面；我彷彿看到您望著贛江滾滾的流水，懷念同甘共苦，親如手足的朋友；我彷彿看到您投宿在中央山脈那個沒有名字的地方，對一群犯人講述生命的意義；我彷彿看到您獨坐在角板山的梅台，面對重山深澗，思慕親恩；我也彷彿看到您在嘉南平原的稻田旁邊和農民閒話家常，在花東山區的村莊小徑和山胞握手微笑，在一個一個小吃店和路邊攤坐下，吃一碗廉價的餛飩、炒麵或是魚丸湯。

翻過一張張原該很薄，卻因為您灌溉了太多心血，付出了太多心力而變為厚重的書頁，我體認到您一生的坎坷、奔波、辛勞，也領悟到您奮鬥幾十年，一心期望讓中國人生活得更好、更昂揚、更快樂的崇高目標。

我輕輕闔上桌上的書，再走到窗前。北安路上，移靈的隊伍正緩緩通過，路祭的人點上白燭，燃起線香，虔敬的膜拜著。天氣晴朗和煦，路祭的隊伍莊嚴肅穆，哀傷中自有秩序。

我想起經國先生您的話：「男子漢的肉體可以被毀滅，但他的精神、氣魄、抱負和人格，必將永留人間。」移靈的隊伍朝忠烈祠走，我抬頭往上看，青天朗朗，白日照耀，我知道：經國先生一定正面帶慈祥的笑容，俯視著他摯愛的土地和同胞。

我坐回位子上，用澄靜的心面對工作。我知道，經國先生一定願意看到每個人守著自己的工作崗位，埋頭努力，就像他在世時一樣。

我知道。（77.1.30.中華日報17版）

許薌君，山東鉅野人，民國四十三年生，輔仁大學哲學系畢業，現任中央廣播電臺編撰。

輯二

一同行過

我曾看他舞過龍頭

——追憶贛南時的經國先生

◉墨 人

七十七年元月十三日我和幾位老朋友在賈福康兄家中晚餐後休息聊天時，電視突然報導蔣總統經國先生於下午三時五十五分逝世的新聞，大家還是不免一震。因為他久為糖尿病所苦，而且心臟不好，我早知道他靠心律調節器維持生命，雖然頭腦十分清楚，記憶力很好，萬一調節器故障，那會隨時發生危險。不過我也和別人一樣，總覺得他走得快了一點。當時在座的有老長官陶滌亞先生，郭嗣汾、吳楚二兄。

經國先生在國內事業的起點是在江西。民國二十六年日軍發動蘆溝橋事變，大舉侵略中國，全國上下一心，對日抗戰，經國先生於留俄十二年之後返國，出任江西省政府保安處副處長。但他嶄露頭角，對江西大有貢獻是在他出任江西省贛縣縣長，第四行政區督察專員兼保安司令任內大力建設「新贛南」的那幾年。當時中央社特派員曹聚仁也去了贛州，曹以教授身份充任記者，又以「烏鴉」聞名，他寫了不少報導「新贛南」的文章。贛南本來是個貧窮落後的山區，治安也不好，曹聚仁對經國先生的政績和他的獨立特行，報導不少。「蔣青天」之名亦不脛而走。民國二十八年我從重慶奉派到江西前線辦軍報，我又是江西人，也開始在報章發表拙作，因此讀報不少，對經國先生和「新贛南」有相當深的印象。但直到民國三十一年浙贛戰爭爆發之後，我才決定逃往贛州。但不是「臨陣脫逃」，因為那時我已轉入南城一所中學教書，學校解散，我便成了難民，這樣我才到了青年人嚮往的贛州。

贛州給我的第一個印象是城牆上的「人人有飯吃，人人有衣穿……」和「除暴安良」的大字標語，簡單明白，深入民心，以及別處所沒有的蓬勃朝氣。那時經國先生自己也是三十出頭的青年人，他經常清晨率領縣政府、專員公署的同仁赤膊跑步，過年玩龍燈時，他一時興起還會玩龍頭，他有與群眾打成一片的親和力。但是也有人反對他、怕他，一是地方上的特權階級，甚至過境的富商巨賈乃至在別的地方作威作福的人。二是歡喜打牌的人。他甚至自己化裝賣餛飩麵的小販抓賭，我在公園裡就看過幾個打牌的人當眾罰跪的事。至於經常至窮鄉僻壤尋求民隱，更不足為奇。他的「蔣青天」令譽就是這樣得來的。在贛州三、四年，我大半在新聞界工作，看到的聽到的事不少，也證實了我未來贛州之前的許多新聞報導和傳說不虛。我的親身體驗是：贛州戶口嚴密，行政效率高，公權力絕對不容侵犯。誰敢以身試法，不管來頭多大，一定吃不了兜著走。因此，本來是貧窮落後，盜匪橫行的贛南，很快變成了江西首善之區，全國首善之區。江西第四行政區（贛南各縣）在民國以來的行政史上的確創造了一個奇蹟。

三十八年我來台後，在左營海軍總部服務。經國先生出任總政治部主任以後，南下左營在「四海一家」召集所屬講話，他站在大門口迎接並一一握手。他不知道我是「老贛南」，也不認識我，可是我認識他很久了，握手這卻是第一次。兩手一接觸，我突然發覺他的手掌粗大厚實，就知道這是一雙能者多勞的手，犧牲奉獻的手，不是享福的手。在贛南時，他馬不停蹄，到處尋求民隱，隨時解決問題，到台灣以後亦復如此，數十年如一日。

他任救國團主任之初，曾邀請了一批作家赴大雪山參觀訪問，我忝列其中。事後他約見大家，設宴招待，還攝了一張團體照片，這次我發現他說話時很有機智，幽默，仍然平易近人。

維也納納富出版公司編選出版一系列的「世界最佳小說選」，一九六一年我僥倖有一個短篇小說入選，一九六二年又僥倖入選了一篇，這一次馮馮也有一篇入選。大概是因為馮馮很年輕的關係，——他只有二十來歲，我都已四十一、二歲，在當時既非才俊，也不是青年了。——蒙他在救國團同時召見。我坐在他身邊，承他垂詢勉勵。這時他剛五十出頭，身體還很好。雖然不能與他三十出頭，打赤膊晨跑，舞龍頭時相比，仍可以「健壯」二字形容。

大約六、七年前，經國先生已患糖尿病，影響視力，並發生其他併發症，知道的人不免憂心忡忡，因為國家元首關係國家的安危，尤其是自退出聯合國以來，他領導大家突破重重險阻難關，又面臨著不斷的新挑戰，一位機要人員，曾悄悄地將經國先生的生辰八字告訴我，問我有沒有危險？我先問他時辰可不可靠？因為從前鐘錶很少，時辰未必正確，時辰不確，往往差之毫釐，失之千里，尤其是人到晚年，時辰最關重要。他說絕無問題。事後我告訴他：目前亥運絕無問題，而且以後的「戊」運更是好運，聲望權威更隆，可再創政治佳績。（至於大限，我不願談，也不輕言。）他聽了大為放心。我們君子協定，祕而不宣。現在經國先生已經逝世，且已預立遺囑，一切早作安排，後繼有人，而知道他的貴造的行家甚多，早已不是祕密了。

經國先生的貴造是：

庚戌

庚辰

壬戌

丁未

先生聰明絕頂，機智過人，並得上輩庇蔭，福德貴人照命，逢凶化吉，遇難呈祥，只是本人未遑寧處，繼往開來者類多如是也。

奉魏端兄電囑，匆促應命，我對經國先生的粗淺認識如此，管窺豈足以探海洋之深？聊表哀思而已。

（77. 1. 22.台灣新聞報12版）

墨　人，本名張萬熙，江西九江人，民國九年生，陸軍官校十六期、中央訓練團新聞研究班一期畢業，東吳大學中文系副教授，現專事寫作。

恩人

◉鍾鼎文

民國二十八年，三民主義青年團在桂林設置廣西支團籌備處，我由廣西日報總編輯轉任該處宣傳組長。書記程思遠隨白崇禧將軍常駐重慶，他的職務由我兼代。經國先生時任贛南行政督察專員，並以青年團中央幹事身份，兼領江西團務，在其往來於贛南——重慶之間時，每經過桂林，順道考察廣西，由我接待，算來為時已半個世紀。

五十年間，受到經國先生的指導與照顧，不勝枚舉。而最難忘的是兩次危難，受到他的救助。在他逝世後我才敢稱他為「恩人」，在他生前，實未便啟口。

第一次：民國三十三年我在重慶中央團部（三民主義青年團）服務，奉准還鄉接眷，攜家帶眷，由大別山步行到長江北岸，再由小姑山下偷渡過江，取道江西，返回重慶。到江西泰和，正值日軍對湘桂、粵漢兩線展開攻勢，無法前進，乃轉往贛南求助。經國先生派車送我全家入湘，中途遇敵折返，再行轉往韶關，趕上廣東黨政機關撤退，始脫離了困境。

第二次：民國四十七年金門砲戰一度停火，經國先生邀請一批作家，由李煥先生陪同訪問金門，我是其中一員。首日「西線無戰事」，我們一行到小金門最前線，現任參謀總長郝伯村將軍是當時小金門指揮官。次日砲戰復起，我們困在沙美坑道中，但聞砲聲隆隆，彈風刷刷。半夜忽傳有專機來迎接。在黑暗中，我們乘吉甫車不開燈，冒著砲火，「摸黑」馳往料羅灣。未幾，一架飛機穿過拂曉雲層和敵砲火網而下，降落在兩傍燃著火炬的簡陋跑道上。經國先生從機艙走出來，要我們趕快登機。他留在金門指揮作戰，將我們接回台灣。

現在，我找出一張照片，是民國六十二年年梢行政院招待新聞界酒會上所攝的。那年十一月我主持第二屆世界詩人大會，經國先生對詩人集會頗表讚賞，也對我有所嘉勉。（77. 1. 17. 中央日報星期增刊9版）

鍾鼎文，安徽舒城人，民國三年生，上海中國公學政經系、日本京都帝國大學社會學科畢業，現任國大代表、聯合報主筆。

他為我的名字加個「火」

◉王琰如

民國二十九年夏天，我輾轉抵達贛縣，蒙當時擔任專員的經國先生予以錄用，在秘書室工作，前軍聞社社長漆高儒先生是我老長官；後調新贛南出版社，高理文先生時任社長。

江西四區專員公署，雖是省政府的二級機構，但那時「蔣青天」早已名聞遐邇。經國先生常常率領部下，走遍贛南十一縣窮鄉僻壤，不畏艱險，不怕困難，跋涉沒人敢到的地方，使贛南地區人人敬仰蔣青天。專署門前，設有民眾詢問處，以便接見來訪人民。他的愛民親民，數十年如一日，他的政見是：人人有飯吃，人人有衣穿，人人有書讀，人人有屋住。所到之處，無不化戾氣為祥和，即使土匪也對他敬愛有加。

我們初到贛縣時，專員公館在郊區黃土坡（因年久記憶不清，或為黃土壩），我和當時擔任蔣府家庭教師的郁棣，每於星期假日，步行下鄉訪問。愛民（孝章小名）那時還只三四歲，她跟著姚老師輕聲喊道：「王琰來了，王琰來了！」拍著小手歡迎我們。時光無情，將近半個世紀過去，那天電視上看到孝章含悲忍淚奔喪回臺，不禁使我又一次熱淚盈眶。

猶憶二十九年十一月中旬，我突患結膜炎，曾寫一報告，向專員請假，病眼期間，不參加本週內各項活動，如集會、早操、升旗降旗及軍事操等。專員親筆批准的報告，至今我還珍藏著。

到專署工作半年後，蒙專員加薪一次，也使我永難忘懷。出納蔣國忠先生，某日拿了他堂兄的手諭向我說：「王琰，妳該請客了吧！專員給妳加了薪水呢。還有他也給妳的名字多加了一個火，妳來看。」果然，在一紙便條上，專員以紅色鉛筆寫了幾個大字：「編輯室校對王琰加薪十元」，但那個琰字，卻寫成了三個火字。可惜當年尚無複印設備，要不然，倒是難得的紀念品呢。（77.1.30.中央日報19版）

王琰如，本名王琰，江蘇武進人，專事寫作。

和士兵睡在戰壕中

永懷經國先生

◉魏子雲

怎能想到？總統經國先生竟是這麼突然的離開我們去了！想起我在新贛南生活的那段日子，哀慟的情緒中，就閃爍了許多追思的往事。只是今日追思起來，徒增心情的哀慟！

經國先生已經鼎昇了，往事又怎堪回想！

民國卅一年秋，我已奉令調四川成都，一切旅途的事都辦妥了。由福建建甌搭乘空軍第二汽車中隊，經贛、湘、桂再轉車西去。當我到達贛州的時候，車子的備胎也換上去了，怕的是路上車胎再爆，因為車上運的油，載重量大，危險性也大。遂在贛州多留了一天，等備胎。

這時，贛州是江西第四行政督察專員公署的所在地，專員正是 經國先生。那時，他不過卅餘歲，治理此一行政區，有其嶄新的行政措施，時人稱之為「新贛南」。那天我們到達時，已近黃昏，住在南門內一家旅店，那條寬闊的馬路是細石子渾土而成，我還記得那條路叫「文清路」。雖是石子渾土的，但卻極為平坦而且光潔。路上，不惟沒有碎紙隨風飛舞，也無雜草爛繩橫在地上。那天晚飯，我們相偕在「營養食堂」進餐，比其他餐館便宜得多。飯後，到戲院去看戲。有童子軍關照我們，入門後必須脫帽。第二天，因為要等車的備胎，在贛城又停留了一天。

就在這多停留的這一天裡，我們在馬路上遇到了 蔣專員經國先生，起先，我們不認識他就是當時的地方首長蔣專員，他在街上跟幾個孩童在說說笑笑，見到他笑嘻嘻地告別時，方始聽到那幾個孩童（年齡都在七八上十歲光景）揚手大聲喊：「再見！專員再見！」問起來，方知那位身穿夾克騎腳踏車的人，就是蔣專員。

想不到那次到了衡陽，我的行程就有了變化。成都來電，我去報到服務的空軍汽車第五中隊由成都調陝西漢中，要我在福建原服務單位候令，等他們到了漢中駐定之後，再行首途。該一批車隊把電報帶到衡陽我才收到。於是祇得遵令再回福建建甌。

在衡陽玩了幾天，便又搭車返回福建。

路過贛州時，又在原處住了一晚。就在這一晚，我遇見了一位服務於贛州空軍第十二總站的朋友，他曾到浙江衢州空軍第十三總站來過，由於都喜歡平劇而相識。他建議我不必再去福建，在贛州候令，也是一樣，還減少了一大段山路行程。就這樣我在贛州停留下來。拍了一封電報給成都總站，請轉達我的服務單位，說明我在贛州第十二總站候令。

在贛州候令的數十日的時間裡，參加了十二總站的票房唱了一齣戲（紅鸞禧），他們說：「我們沒有小生，何不留下這一位。」而我，也不想跋涉如此之遠到西北去。遂在我的同意之下，又是一封電報，我便改派在空軍第十二總站服務，在贛州逗留了兩年多。由民國卅一年十月到卅四年一月四日始行離別贛州。

在贛州的兩年多歲月裡，可以說每逢假日上街，十次總有八次遇見經國先生。每次遇見他，總是他一人，不是徒步，就是騎腳踏車。他在街巷中行走或騎車經過，住在贛州的人，都已司空見慣，只要向他揚手打個招呼，說聲：「專員好！」就算了。經國先生也總是揚手還禮，答一聲：「大家好！」或「您們好！」聽說，也有人攔住他當面遞上有所懇求的文件，或言語有所要求的事情。想來，應是難免的吧！

但每年在老總統　蔣公壽誕之日，新贛南的活動就多了。有一次，我們有一夥人參加了經國先生，還有緯國先生領頭的萬人大舞蹈，在夜間微爍的路燈下，大家夥一邊唱一邊跳，說是「萬人舞」，實際上何止萬人？行列是那麼長那麼闊，而且是越舞人越多。真如孟夫子說的：「獨樂樂與人樂樂；」而「莫樂與眾。」

經國先生夫婦還學萊子娛親的故實上台去演戲呢！還有緯國先生也參與的。那次，我沒有能在台下作一觀眾。

在經國先生未到新贛南之前，新贛南那一帶，鄉僻民瘠，文化落後，經國先生到來，首先便從教育普及入手，他不但每一縣城都到了，且每一僻壤的山村，也到了。總是親自察看民間應興應革的事務。他最恨人民把時間浪擲在不良娛樂上，所以在新贛南是絕對禁止賭博的。凡是犯了賭博禁令的人們，無論男女老少，都罰他們到公園內的抗日陣亡將士紀念塔前跪下反悔，等于耶穌告訴犯罪的人說的：「懺悔吧！下次不要再犯了！」

人是有劣根性的，總是學壞容易學好難。所以在贛州公園的抗日將士紀念塔前，總是有時候能遇見因犯了賭博禁令罰跪的男女。

在台灣這三十多年來，有兩三年的時間，我在中國青年寫作協會服務，辦公的地方，就在青年救國團樓下，且不時到樓上的團部各組洽辦公事，那時，經國先生是救國團主任，上下班的時際，時常對面遇見。每次遇見，都是彼此微笑著揚手招呼，說聲「主任好！」他答說「你們好！」如果在上下樓時遇見，他決不會讓我們站著等他上樓或下樓，都是要我們一同上下，也總是先伸出手來，一一握手道聲好！

民國五十二年間，在香港失業的趙滋蕃，回信給我說：「政府如有用我之處，朝令而夕至。」我持滋蕃的這封信，就商於當時救國團的文教組長龍名登，以及主任祕書姚舜二位先生。當時，便由我與朱橋（已過世）兄商量著寫一簽呈，說明趙滋蕃先生決心返國，打算邀請他返國。我記得主任在這個簽呈上，批了五個字：「先安排生活」。這五個字便告訴了我們，你們邀請趙先生來，總得先安排工作吧！

否則，人家來了，如何生活？

後來，趙滋蕃的工作，安排在中國廣播公司擔任編審。決定後，我方始寫信給趙滋蕃。這年（五十二年）九月廿日趙滋蕃全家由港搭輪返國，抵港之日，救國團的文教組馬副組長還有寫作協會的林適存、魏希文以及我與朱橋、桂漢章等人到基隆迎接滋蕃返國。如今，趙滋蕃已去世一年了。

我之所以在此提及此一往事，因為我心頭常常想到了經國先生的這五個字「先安排生活」。比我們這般人想得周到多了。

我們文藝界的朋友，大多數都與經國先生接觸過，像我，在文壇上的地位微末，雖然與這位自視平凡的偉人，照面了不知多少次，他那熱誠的手，我也握過不少次，彼此道聲「好」，也不知有多少次？卻從來沒有正式交談過。我，一介平民，從來也沒有事要去麻煩他，也從未有過可以獲得召見的事蹟。從他最喜與鄉人為伍的這一性行來說，他何嘗希望人們把他當作偉大的人物來尊敬呢！

二十餘年前，我還在軍中服務時，常去金門。有一次，弟兄們說，經國先生到了金門竟失蹤了一夜，遍尋無著，衛士急得哭。第二天早上他回來了。原來，他一個人跑到戰壕中與士兵們同睡了一夜。經國先生的偉大，便在這些地方。

經國先生，正因為您付出了如此多的辛勞，所以我們過著這樣的好日子。

這些年來，經國先生被國家大事的重擔壓壞了，壓壞了！他是為我們全中國的人民鞠躬盡瘁了的。

經國先生，我們都欠您的！（77.1.30.台灣新聞報12版）

魏子雲，安徽宿縣人，民國七年生，武昌中華大學中文系肄業，現任國立藝專教授。

想起當年他在贛南

我有幸跟隨蔣專員採訪

◉余西蘭

四十四年前，經國先生以「江西省第四行政督察區專員」兼任贛縣縣長，並在所轄的十一個縣，初度實現他的政治抱負，建立起了一個足資模範，無人不知的「新贛南」。

記得經國先生當贛南專員的時候，他正是年青力壯的三十五歲。對建設「新贛南」親自擬好了整套的計劃，每一年有一年的方向，每一個月有一個月的進度。他又策劃了治理各縣的分解圖表，懸掛在專員公署的大牆壁上，要求自己和所屬，在那年那月那日，把工作做到什麼樣的程度，一天也遲不得。

我當時擔任「贛南民國日報」記者，我的採訪主線就是跟著蔣專員所一手舉辦的各種活動跑。可以說每天都有鮮活的蓬勃的新聞出現。只恨雙腿跑得不夠快速，絕對不愁沒有豐富的消息帶回編輯部。那時在報社有兩個親共文人小住，一個叫曹聚仁，一個叫符青，親見經國先生主辦「新贛南」的幹勁，也毅然丟開立場，幫著寫社論讚揚。

蔣專員經國先生的作風最大特色，可用「成功留後人，犧牲自我始」這十個字來形容。凡一切措施、一切運動、一切作法，他就是第一線第一個的實行者。到大家看了布告或接了通知今天要做某件事的時候，蔣專員是第一位站在現場並投入操作的人。建設「新贛南」的大事是不避風雨、不論寒熱的。如是流汗的工作，蔣專員就第一個脫掉了上衣，露出結實的肌肉，在工場或礦場滿臉滿身是汗的賣力的在做。

他一示範，大家都起勁的照著跟著忙碌。

原來的贛南十一個縣是落後而貧苦的，有十分之七八的人不識字，是文盲。由於貧窮，有些人鋌而走險的做強盜做小偷甚至有人吸毒服毒。可以說全部十一個縣就至少有一千一百個要趕快下手解決的問題。蔣專員在事前已把各縣所存在的現象和將遭遇的困難，都瞭解了而且掌握了情況，而分別有了不同的處置方法。

他首先強化「保甲」制度（即現在的鄰里），慎選地方上的公正人士擔任，差不多每個保長或甲長（十甲為一保）都經過了他的親自挑選、面談。又制立了這些基層地治幹部的輪流調訓制度，受訓地點集中在贛州（為贛縣的首城），多是有魄力和擔當的。他因身兼保安司令，確實的向中央及省請得了充足的槍械和彈藥，分派自己一手調教的軍事幹部，到各縣去重新組訓「自衛隊」。這些自衛隊一面真槍實彈的演習，一面就進行剿捕歹徒、強盜和販毒人的任務，又配合縣的原有警力，大刀闊斧的整頓市容、消戢賭風，把捉著的小偷施予管訓或重罰。

由以贛州的指揮中心的專署軍文人員，被編組成許多「威力小隊」，經常並大量的穿走十一個縣分，做清查、追蹤、考察的事。都把最後的報告，呈交到蔣專員手中，他要親閱、審核和判行。就是深夜收到了情報，他也要在當夜處置完畢，決不放在第二天。如有些事需要他自己去解決，他立即出發，路遠就加帶乾糧。與他在一起處事的人員，是隨時作了「跟他出發」的所有準備的，在時效上儘可能的「爭取」到了。

他所向十一個縣下達的命令或訓示，是從不打折扣，沒有可再商量的，因他在事前已深思熟慮過了。他決心要把這些縣府和區公所「拖、拉、推」的壞習氣，舊風格，用鐵腕一一斬除。有兩個不孚民望的縣長和五個區長，他立刻撤換並即派去能幹的新人。

蔣專員在全「新贛南」十一個縣的每一保甲，遍設「民眾識字班」，並在區公所中新設「掃盲指導員」的職位，由有大學生資格的人充任，協助督導各識字班。所有的課本由專署新聞處重編重印後免費發出。新聞處的另一責任是接受每週二、四、六三次「面見蔣專員」的親民工作。是「新贛南」的百姓，有話要說給專員聽的，有「冤情」要控訴的，有本身困難需要幫助的，都依先來後到或情節，一一予以登記和安排時間，蔣專員一定分別親自接見，絕不假手他人，或找個「改日再談」的藉口。

事實上，蔣專員留在專署的時間不多，他除了常去十一個縣，還要深入民間，直接了當的問及他們的疾苦。他聽取民眾訴苦的時候，不但滿臉滿心的關切，而且多是請訴說的人坐下來，而他卻站著，或者如是沒有櫈子的地方，就彼此坐在地下或石頭上。有很多人以為這樣不像個「大官」，但在知道面前的確是愛民親民的蔣專員後，他們由驚愕而轉為無限的敬畏。

他不要來訴願的人民一見了他就跪就哭，尤其不忍看到白髮年高的長者這樣做。他會馬上跪下去扶起他們來，說：「有話慢慢說，我在聽。可以辦的無不立刻辦。」他所說的話，都會一件件的兌現，且出乎民眾的想望。

「新贛南」十一縣的民眾由於生活漸富、環境改善、治安良好，整個的和以前大不一樣了，所以人人喊他「蔣青天」。他告訴記者們，這一個頭銜能不寫就不寫，藍天才是青天，「我不過是一個平凡的公務員」。這是我跟隨他到各縣去採訪時所親自聽到的感人至深的話。

他鉅細無遺地注意到每一個公務人員的禮儀或生活小節，那樣的小故事實在用十萬字也寫不完。這裡祇例舉三件看來是小事其實是應該重視的大事：

第一、他常常告訴大聲說話的人：「你如果有話只講給一兩個人或三五個人聽，適度的小聲就可以聽見了，否則，你用那麼大聲，別人當你在吵架，那豈不是冤枉。」

第二、他常常主動走過去，幫沒扣好中山裝制服上衣領間「風紀扣」的人扣好，並說：「只有不法的人才亂穿衣服。『風紀扣』是你最先要扣好的。這樣一路把五個大鈕扣扣下來，扣好，你就穿出精神來了！」

第三、他常常對所遇見的人說：「你跟我說話，要用雙眼看著我的眼睛，我自然也用雙眼看著你。這樣做的話，就表示你是誠實的人，你將要說的話不會虛假。而我也能因此信任你，給你正確的答覆。那一些和人說話不用眼睛看著別人，卻去看別處的，或者眼光閃爍不定的，他的話也必定不實在，會講假話，不能信賴他！」

蔣專員就是如此把「新贛南」建立起來的。那裡在我離開的那年，已有「大同世界」的縮影。特別在贛州這個專員公署駐蹕的首城，真正地達到了太平盛世的繁榮和高道德水準的境界，「路不拾遺，夜不閉戶」，已不是新聞。今當經國先生辭世，想起一些他最初的治政成績，時光似已倒流。他那三十五歲時的英容和一身的幹勁，歷歷猶在眼前啊……（77. 1. 24.台灣新聞報12版）

余西蘭，江西奉新人，民國十二年生，中正大學中國文學系，現任中央日報資深編撰。

梧桐樹下的沉思

◉ 江應龍

從民國三十三年到現在，不管他擔任甚麼職務，我們這批人，對他的稱呼都沒有改變過——教育長。在南京追隨教育長的這段時間，上班下班，都要經過兩邊排列著整齊的高大的法國梧桐的一條大馬路，差不多是南京最漂亮的馬路，這條馬路叫「黃埔路」。

每天走過這裡的時候，在濃蔭密布的梧桐蔭下或急行、或緩步，都會想到昨天或今天辦的事，那些還不錯，那些還有待改進。今天或明天得辦的事，應該秉持什麼態度，運用什麼方法才能使它合乎理想，完美無缺，才能對得住自己的良心，才能對得起教育長。有時也會想到，今天或昨天讀的書，那些地方特別精彩，我一定要牢記著它；那些地方還有些疑點，必須想法解決。想著想著，涼風起處，梧桐樹葉沙沙作響，我的頭髮散亂了，我的衣襟敞開了，我感到一陣舒暢，一陣快適。

在梧桐樹下漫步，我有時候想到，南京真是一個了不起的古都。鍾山龍蟠，石頭虎踞，六朝金粉，煙雨秦淮。春牛首，秋棲霞。到處都是史頁，到處都是詩篇。太偉大了，也太美麗了。它曾在日寇鐵蹄之下蒙塵八年，它曾被汪偽政權竊據，作為首都。幸賴　領袖英明，領導全國軍民，艱苦抗戰，達八年之久，才使頑敵日寇，無條件投降；才使大好河山，全部光復；才使千年古都，重回祖國懷抱。中央政府，才能還都南京，我才能在南京街頭漫步。

有一天，我辦完了那天應該辦的事，下了班，從勵志社出來，走進了濃蔭密布的黃埔路。我的思潮起伏不定。忽然聽到後面有人叫我的名字，回頭一看，原來是教育長。立刻停下腳步，教育長很快就走了過來。我叫了一聲「教育長」，他就和我一道兒走，一道兒談話，問我有關於自己的許多事情。他指著梧桐樹說：「你知道梧桐樹為甚麼長得如此繁茂？為甚麼有如此濃密的枝葉嗎？因為他在地底下有深厚的根柢的關係。所以一個人打好自己的根柢，比甚麼都重要。」我說：「是。」停了一會兒，他又說：「梧桐樹真了不起，用盡自己的力量，伸展自己的枝葉，為人們遮蔽驕陽，遮蔽塵土，使人們在下面行走、休憩，都安安穩穩，舒舒服服。所以梧桐樹做的工作，就是造福人群的工作。所以我們每個人都應該盡最大的努力，貢獻自己、犧牲自己，造福人群，和梧桐樹一樣。」我想：教育長說的這種精神，正是中國的精神。這種梧桐樹，應該叫：「中國梧桐」才對，為甚麼叫「法國梧桐」呢？

當天晚上，我便把教育長的這幾句話寫上了我的日記。四十餘年來，這幾句話，像暮鼓晨鐘一般，經常在我的耳畔響起。

教育長要我主編的雜誌「曙光半月刊」，每期發行三萬多份。我自己辦的「現實與理想月刊」，銷路也不壞。這兩種雜誌在文化界、學術界的地位，也扶搖直上。我們聘請的特約撰稿人，都是第一流的學者、教授、作家，共一百一十四人，我到現在還保存著這份完整的名單。這些先生們地位崇高，工作忙碌，還能答應作這兩個刊物的特約撰稿人。一部分人還能經常為我們撰稿，固然由於我和他們保持著高度的、密切的聯繫；由於我約稿勤，催稿勤；但我只是一個毛頭小子，談不上什麼學術地位。主要的原因，恐怕和刊物的董事長也就是我們的教育長的身分、聲望、地位、號召力有著很大的關係。

教育長有時也要我們為他寫講稿，但他講演時卻很少照講稿講。他的講演，常常即興發揮，即景生情，出口成章。妙語如珠，講些小故事，來闡述一番大道理。使聽的人興趣盎然，豁然貫通。我們如果說他是一位大演說家，也不為過。

本刊一月十八日發表的「四十年前的往事」一篇拙文，有下面的一段話：「三十六年上半年，國防部有一兩位次長……」「六」是「七」之誤，這是我的筆誤，又有一段話說：「希望楚崧秋學長，拿出寫『滄海微言』的精神……」「滄」字誤為「隱」字，是手民之誤。按「滄海微言」是崧秋兄隨侍先總統　蔣公多年，對偉大的　蔣公各方面的體認寫出來的一本書，黎明文化公司七十五年十月初版。

民國六十七年三月，我應正中書局總經理黎元譽兄的邀約，恭輯「蔣經國先生嘉言集粹」一書，於該年五月初版，現已印行多版。我曾撰寫「壁立千仞，海納百川」一文，敘述恭輯此書的經過，與此書的精神。刊載於六十七年八月一日中華日報。這本書摘錄了差不多都是教育長來台後言論的最精華部分。後面的一部分篇幅，輯錄了教育長民國三十年至三十三年主政贛南時的日日諭令多則，足以顯示教育長早年勤政愛民的精神與風範。是很珍貴的史料。

六十九年六月，我應雙日文化公司之請，恭輯「蔣總統經國先生嘉言類編」一書，分綜論、分類、重要文獻三大部分。分論又分文教、政治、經濟、國防、外交、社會、黨務七項，重要文獻包括就任中國國民黨主席及就任中華民國第六任總統等重要文告四篇全文。綜論、分論每則篇幅均較「嘉言集粹」長一些，每則後面都註明原文篇名及發表日期，是「嘉言集粹」的姊妹篇，華興書局總經銷。

去年七八月，我在歐洲旅遊，看見到處都是和南京黃埔路一樣的梧桐樹。也隨時想到教育長的話。在倫敦，我問英國人：「這是甚麼樹？」他們答：「英國梧桐。」在漢堡，在西柏林，在法蘭克福，在海德堡，我問德國人：「這是甚麼樹？」他們答：「德國梧桐。」在米蘭，在威尼斯，在翡冷翠，在羅馬，我問義大利人：「這是甚麼樹？」他們答：「義大利梧桐。」在普魯塞爾，他們說是「比利時梧桐」。在盧森，在蘇黎世，他們說是「瑞士梧桐」。在阿姆斯特丹，他們說是「荷蘭梧桐」。在維也納，他們說是「奧地利梧桐」。……在巴黎，我問法國人：「這是甚麼樹？」他們理直氣壯的說：「法國梧桐。別的國家說是他們國家的梧桐是錯誤的。」

我想，既然任何國家都可以把這種梧桐冠以他們自己國家的名稱。那麼，南京黃埔路上的梧桐樹，具有中國精神，自然應該叫做中國梧桐才對。

南京黃埔路的梧桐，不知是否別來無恙？如果無恙的話，如果他們知道四十年前，一位了不起的偉人，曾和一位青年闡述他的「梧桐精神」的偉人，現在已經離開這個世界，仙逝天國，他們也應該在狂風暴雨中大哭一場才對。

民國七十七年一月十九日晚六時三十分，脫稿於潛盧之西窗。

（77. 1. 31. 青年日報21版）

江應龍，湖北天門人，民國九年生，重慶中央幹部學校畢業，現任國立師範大學國文系教授。

珍貴的記憶

◉王保珍

民國三十八年春，母親帶著我和妹妹到台灣來和父親相會，居住在基隆。這年夏天芬姑帶著她的男朋友陳先生，喜洋洋地來訪，他們剛從重慶搭飛機輾轉來台，叔祖父母還留在重慶。芬姑只長我四歲，與我名為姑侄，實同姊妹。當時她在新生報工作，不上課的日子，我常去陪她或給她送東西，有假期時，她也常帶著男朋友一同來我家。猶記得，戀愛中的姑姑，到處散發著喜氣。

那年光復節，芬姑和陳先生結婚，因為叔祖父遠在重慶，女方的主婚人就由先父擔任。那天，我們全家都歡歡喜喜地去觀禮，喝喜酒。

結婚禮堂設在台北勵志社，當年的勵志社小小的，非常雅致。下午三時，證婚人蔣經國先生偕同夫人及二位公子一位女公子一同蒞臨，先父忙著上前去迎接。蔣經國先生謙和地與先父握手寒暄，同時笑容可掬地朝親友賓客點頭道好。當時年少的我，似乎對他的夫人和三個孩子更感興趣，他們都有特具的氣質美麗。直到結婚典禮進行中，證婚人致詞時，蔣經國先生學著新郎前去請他做證婚人時的語氣與姿態，出人意表的風趣，逗得新娘新郎與所有的來賓又樂又笑，原來比較隆重嚴肅的氣氛，剎那間變得無比地歡暢。我開始被他的言談笑語所吸引，沒想到他會這般可敬可愛。

酒讌時，又有幸與蔣經國先生同坐一席。席間他最長，坐首位，我最小，敬陪末座，但正好面對著他和夫人，幸運地，可細細地瞻仰他的丰采。

今夜，突然從電視報導中，聞悉蔣總統經國先生逝世的消息，先是震驚，繼而傷痛，噙著淚珠，找出來芬姑結婚時來賓簽名留念的一塊紅緞子，面對著蔣經國先生的親筆簽名，默默地注視良久。這一塊紀念性的簽名紅緞，是芬姑去美國時，寄存在叔祖父家裡，叔祖父幾年前在台中逝世，就由我帶到台北來，一直保存著，準備有人順便帶到美國去給芬姑。三十多年了，這塊簽名紅緞的色澤尚很鮮麗。面對這塊鮮麗的紅緞，當年蔣經國先生的丰采又鮮活地在我心中浮現，他，怎麼會真的逝世了呢！記不得當年蔣經國先生擔任何種官職，只記得姑丈恭敬地稱呼他教育長。

第二次見到蔣經國先生，是在我大四的寒假，被學校選派到復興崗政工幹校接受中隊長集訓，那是我們大學軍訓課程中的部分延伸。

集訓大約是兩個星期，非常緊張有趣。說到緊張，不僅上課、出操要兢兢業業，全力以赴，就連吃飯睡覺，洗浴舖床也絲毫不能馬虎，一切都要求準確快速，分秒不得延誤，大約在集訓三天之後更有一個緊張的消息，說是不定那天半夜要緊急集合，從此，有人緊張的穿外衣睡覺，甚至有人連鞋都不脫的，當然更有人睜著眼睛睡呢！可是，一天一天過去，一直沒有聽到集合號音，大家警覺心稍稍放鬆之時，終於震人心弦的緊急集合的號音響了。動作好快，我真不知怎樣把衣帽穿戴齊全的，大家隨著值日官的指示，奮力前奔，一面奔跑，一面排成了隊伍。跑啊！跑啊！沒有一個人願意落在最後，在那嚴冬的寒夜，只聽得足下整齊的步履聲，只見同伴們口中呼出的氣變成了白霧，跑啊！奔啊！直奔向大操場，剛一站定，放眼向前觀看，令人驚喜的，救國團蔣經國主任笑盈盈地，也威嚴端莊地站在司令台上。

接著是聆聽蔣經國主任的訓話。學文學的我，舉凡聽人演講，常常不自覺的會帶著品評文章的心情，除了分析文章的架構，在起承轉合之外，還要論它的中心旨意，一切合格之後，還要看他有無特性，最後還要看它動不動人。所謂筆頭常帶感情。當時我真的被蔣經國主任的言辭感動了，那麼一個寒冷的夜晚，我們心中都暖融融的。我們知道，有很多人會處理政事，但未必擅長言辭。蔣經國主任所言，語語中肯，句句從肺腑中流出，那份真誠與關切，使人感受到他不僅是一位偉大的領導者，而且是一位同甘共苦，休戚相關的親人似的。記得他看到有些學員臉色較瘦黃，立即囑咐他們要多加營養。當時，我是中隊長，排在最前面，在校長與教官們恭送蔣經國主任離去時，我們行禮致敬，他回頭看看我說：「好！好！只是制服太大了。」

不是制服太大了，是我的個子太小了。當時集訓兩星期，沒有特製軍服，大家都是借穿政工幹校學生的制服，也許那時幹校還沒有女學生，我穿的是男生制服，衣袖捲了兩道，褲腳捲了三折，細心的蔣經國主任都注意到了。可惜那時大家都沒有照相機，沒能留下那有趣又有意義的鏡頭。

第三次見到蔣經國先生時，他已身為總統了。那是我在台大任教二十週年的教師節。教育部長朱匯森先生邀請會餐的時候。我按時抵達會場，進口處有接待人員，請求女教員們把手提包寄存在衣帽間，有專人保管。如此周密的安全顧慮，使我猜想一定有重要人物與會，也許蔣總統經國先生會來吧！心中不免有幾分欣喜，也有幾分盼望。

進入會場坐定之後，不一會兒，李副總統登輝、孫院長運璿、朱匯森部長等陪同蔣總統經國先生蒞臨，大家起立恭迎。蔣總統經國先生帶著平日在電視上常見的親切的笑容，向大家點頭示意，並用手頻頻招呼，請大家坐。

蔣總統經國先生到前台坐定之後，朱匯森部長說完開場白，蔣總統經國先生起來說話，他首先向在座的大、中、小學的教員、校長們致敬，又致謝。謝大家為國家作育人才。他不僅口頭上道謝，而且誠懇地、謙遜地、又禮貌地向在座的老師們行鞠躬禮，那樣誠心誠意地，像一個模範小學生似的，我好感動，也有點感慨：回看現在若干狂傲的中學生、大學生、年輕人，自己未必有才有能，而目空一切，趾高氣揚，他們若是親眼看到蔣總統經國先生如此，能不愧煞嚒！真是越是偉大的人愈謙遜啊！

蔣總統經國先生致詞完畢，大家一同共進午餐，輕聲交談。餐會後，蔣總統經國先生臨離去時，他先在臺上向所有在座的老師們一鞠躬，然後又走到每一排的桌前，一一鞠躬，他鞠了好多躬，默默地，無言地用最誠摯的行動，表達出尊師重道的心意，讓大家體認到教育工作的崇高與責任重大。其實教書工作的辛勞，那裡能及他身為國家元首工作辛勞的萬一。我們真是受之慚愧，雖然受之有愧，同時也因此得到無限地激勵。我們怎能不全心全力地把學生教好呢！

七年多的時間過去，蔣總統經國先生帶給我的激勵，無時敢忘。數著日子，心想再過兩三年，教書屆滿三十年時，也許還有機會親見蔣總統經國先生，光榮地與他共進餐飲，聆聽他親切慧智的話語，唉！想不到，他已為國盡瘁，與世長辭，留給我們無限的哀痛。在哀痛中，我頻頻懷思，回想平生每次親見蔣總統經國先生的情景，這一切都變成了彌足珍貴的記憶。（77.1.20.青年日報21版）

王保珍，安徽合肥人，民國二十二年生，國立臺灣大學中文研究所碩士，現任臺大中文系副教授。

蔣先生，您真的走了嗎？

◉詹　悟

突然，從電視中知道您走了的消息，整個人都戰慄起來！蔣先生——我們都習慣這樣稱呼您，並不是我怕，我們是游擊的健兒，革命的夥伴，是您教導我們：「那裡需要，我們就到那裡。」我是擔心當國家最需要您的時候，您不在了！

三十九年，我正年輕。看不慣共匪的無法無天，天天清算鬥爭；過不慣饑餓、恐懼的生活，我毅然逃到大陳島打游擊；不久舟山、大陳撤退，我來到臺灣。有一天，在石牌國小門口看到一副門聯：「革命同志請進來，醉生夢死滾出去。」打聽之下，才知道是國防部總政治部幹訓班，您就是當時的政治部主任。

第一次聽到您的英名，是在三十六年，您在上海的時候。後來，來到臺灣，我就投効到石牌。那時您喜歡自己開吉普車，時常在中午的時候，悄悄到寢室來看我們午睡；或者晚自修的時候，神不知鬼不覺的從教室後面溜進來。您不問我們功課怎麼樣，而問我們生活怎麼樣，有沒有女朋友？我還記得您說要替我介紹女朋友。我在政府的輔導之下，半工半讀，獲得碩士，如今已經做了阿公，可是，您當年關切之情，永遠懷念。

每次見到您，您是那麼可親。那年十月三十一日，老總統　蔣公壽辰，我們到您家裡壽堂祝壽，您夫人學了一口「浙江官話」，親自端蛋糕給我們吃。今天，您先走了，我也不能去安慰當年端蛋糕給我吃的人，願天佑人！

四十年，大陳吃緊，張師先生立刻挑選十五個人，送我們到大陳島去。出發的前夜，您來到圓山，在黑暗中握緊我們的手，問我們有沒有問題。我們一致都說沒有問題。您凝視我們很久，大有「壯士一去不復回」的感慨。

蔣先生，您僕僕風塵，那裡最需您，您就到那裡。四十一年，當全國青年徬徨無主，最需要您領導的時候，您出任青年反共救國團主任。四十五年當榮民需要您照顧的時候，您出任行政院國軍退除役官兵輔導會主任委員，親自帶領榮民，翻山越嶺，開闢橫貫公路。如今，我每每經過「千山鳥飛絕」的「青山道上」，就會想起您的足跡，曾經到過這裡。

蔣先生！您的足跡不僅是到過高山，也到過窮鄉僻壤，那裡有您的友人。今天，電視上看到他們得悉您走了，都同聲一哭！

事實上，最危險的地方，是您常去的地方。四十四年大陳撤退，您就趕到大陳。您擔任國防部副部長和部長的時候，您經常去金門，走到最前線的大膽、二膽、烈嶼與士兵同在。

電視畫面上出現民社黨的立法委員，我記不得他的姓名是誰，我記得他稱讚您在行政院長任內的十大建設。尤其是高速公路，大多數人都蒙受其惠。

六十九年，當我們退出聯合國，接著中美、中日斷交，國家地位正承受衝激，世界經濟危機，影響到臺灣民生。您在國家最危急的時候，處變不驚，莊敬自強，帶領我們團結奮鬥度過難關。如今我們政治民主，經濟繁榮，連北平都承認「政治學臺北」、「經濟學臺灣」。這些年來人民豐衣足食，外匯的存底是世界第二；經濟成長，被視為奇蹟。

蔣先生！這些都是您領導全國軍民的成就。您看我們的民眾「三日一小宴，五日一大宴」，歌舞樓臺，通宵達旦。臺灣的阿公阿婆，旅遊世界，羨煞了意大利人。近鄰的菲律賓、印尼、泰國人，都以到臺灣打工為榮。解嚴之後，我們的人民更自由，可是卻有人動不動就走上街頭，包圍立法院，大鬧法庭，甚至於可以阻止火車通行。我們的國會議員在立法院表現「空中飛人」。而所謂「自力救濟」，人人可以「買」眾遊行。歐美民主國家沒有人可以打警察、憲兵，我們敢，因為我們更民主。我們的民意代表，借了警察的電擊棒，要「打」警務處長，試試電擊的威力。這些都是「民蛀的抬頭」。親愛的蔣先生，我不忍說下去了，他們都不能體會您的苦心，不過，我總覺得您是「我們的大家長」，兄弟鬩牆，覬覦有人；外侮正期，您何遽去！

您的遺囑是今年元月五日預立的，在去世的前一天，您還到總統府上班，十三日早晨七時，才感到有點噁心，想不到您去得那麼快，下午三時五十五分就去世了。一個家庭的家長，年歲雖然大了，卻是我們精神的支柱。今天您一走，我們頓失所依。這幾十年的大風大浪，全靠您的領航，安全度過，您是維繫人心團結安定的力量。我看到電視上人民哭著爬去哀悼；經過總統府的青年長跪不起，哀痛逾常，當電視記者訪問民眾，都異口同聲的說：「我們希望過安定的生活，不要再鬧了。」

李副總統已經繼承法統就職，他含淚呼籲國人化悲憤為力量，繼承您遺囑以「三民主義統一中國」，團結一致。李總統登輝先生依據憲法發布緊急處分令：國喪期間聚眾遊行及請願活動一律停止。希望大家摒除私見，天下為公，社會為重。（77.1.16.臺灣日報14版）

詹悟，浙江青田人，民國十八年生，國立政治大學公共行政研究所碩士，現任彰化社教館館長。

愛●笑●美●力

◉楊濤

說來，這已是三十四年前的事情了。四十三年元旦，我被選為第四屆國軍政士，承蒙先總統　蔣公召見，頒發績學獎章之後，當時擔任國防部總政治部主任的經國先生，曾經向我們作過一次訓話，提出「愛」、「笑」、「美」、「力」四個字，大意是期勉我們要愛國家、愛同胞；要樂觀奮鬥、積極進取；要追求完美；要充滿活力與朝氣，那時候，經國先生只有四十多歲，他那低沉而略帶沙啞的聲音，充滿了自信和堅定；他邁著健康而而穩重的步伐，給人的印象就是「愛、笑、美、力」的象徵。

三十多年來，不管他擔任什麼職務，他總是僕僕風塵，奔走各地，上高山、下海洋，地層下的礦坑。最前線的碉堡；那裡有戰火、他走到那裡；那裡最危險、他走到那裡；那裡有災難、他走到那裡；終其一生為國為民的奉獻、犧牲、奮鬥不懈，又何嘗不是「愛、笑、美、力」的具體實踐和表現呢！正如他說：「沒有抵擋不住的逆流，沒有承受不了的苦難。克服重重難關的毅力，就是從沉著、堅定、寧靜、勇敢中得來。」

在歷史的決定時刻中，他一次又一次的使國家衝破橫逆，轉危為安，他已成為全國同胞精神的支柱，他將永遠活在我們心中。（77.1.17.台灣新聞報10版）

楊　濤，安徽貴池人，民國十六年生，警校二十三期畢業，專事寫作。

永遠關懷別人的人

◉ 趙文藝

七十七年元月十三日，下午八時許，電視機上突然映出了蔣總統經國先生逝世的噩耗，剎那間我像觸了電似的驚愕起來。禁不住掩面飲泣：「怎麼會？怎麼會？為什麼這麼突然？他真的離我們而去了嗎？」我大聲的吶喊著。

只聽電視機裡不斷傳來經國先生逝世前後的情形。這是真的，是千真萬確的。我一時遑遑然，腦子裡紊亂極了，這時我閉起眼，靠在沙發上，但曾與他兩次面對面談話的情景，卻油然湧上心頭，不能自已。

三十多年前了，是青年反共救國團成立的第四年，那時全國中等以上學校開始實施軍訓教育。在一個秋高氣爽的十一月天，救國團邀請了立監兩院教育委員會全體委員視察全國學校的軍訓實施情形，為時一週。我們兩院教育委員會同仁，聯袂走遍了全台灣各地各校。因人數很多，便分組分校視察，各組都有救國團的人員陪同，我參加的那一組，記得是由救國團的組長包遵彭先生（已故）陪同，當時大家看到各校的男女學生，在軍訓教官的帶領下，個個生氣勃勃，充滿了活力。那時我們都認為學校實施軍訓，是一種精神動員。這種措施在教育上，就獲得大家一致的肯定。

回到台北後，救國團蔣主任經國先生，又邀請參加視察的委員們舉行座談。那天雖是個陰雨濛濛的下午，但在中山北路救國團舊址的會場內，仍坐滿了參與考察的立監委員。會議由蔣主任親自主持。首先他感謝我們視察學校軍訓的辛勞，其次談到青年反共救國團的成立，是以服務青年為宗旨；接著說明政府實施軍訓教育，是要培養青年人富有冒險犯難的精神，也對青年們的未來有很大的益處。蔣主任希望大家在視察過學校軍訓之後，對於一切教學設施，能提出改進意見，以作今後教育和訓練青年的參考。言辭中對青年充滿了熱愛與期許，難怪公認他是青年的導師。

一開始，大家發言並不踴躍，後來蔣主任便一位一位的請。輪到我時我便說：「這次承救國團蔣主任的邀請，有機會參觀全國中等以上學校的軍訓教育，本人感到非常興奮，這是政府遷台以來在教育上的重新武裝；也可說是重振青年對國家民族的愛國教育，實在值得讚揚。不過本人參觀過後有個印象，就是各學校的女性教官人數似乎太少，有的學校只有一位。女生將來雖不直接赴前線作戰，但對她們也應有足夠的戰地護理的技術訓練，所以女性教官無論在數量或質量上，似乎有提高的必要。……」

我看到蔣主任對每個人的發言都作了筆記。那天談的問題很多，但一致認為目前中等以上學校實施軍訓的措施，實在值得繼續加強。

另一次，是在十年前的一個溽暑天，立法院休會不久。我突然接到行政院的一封快函，是蔣院長約我於某日下午三時到行政院見面。我便如約前往。

我按時到達，坐在行政院會客室裡約有兩三分鐘，蔣院長便出來了。他面帶微笑的和我握手，並連聲說：「請坐，請坐。」

那時我正擔任立法院教育委員會召集人，那一個會期，教育委員會通過的法案較多。一開頭他便很客氣的說，立法院的工作很辛苦吧，接著我們便談到當前教育上常提到的幾個問題，例如九年國教實施的現況，還有聯考啦，惡補啦之類的話題，當時我也表示了我的意見。這時他突然笑著問我：「你對於

『拒絕聯考的小子』那一本書有什麼看法？」

「這本書我還沒有看過，只是從報紙上看到對這本書的簡單介紹。說到我的看法，我總覺得現在的青年人是會有挫折感的，但應面對問題，不可逃避現實；更不應該一遇挫折，便走入偏岔，或憤世嫉俗，而表現出反社會的行為。不過對於這種青年，教育工作者應特別注意，加以輔導，以免走入歧途。」

我只就我所了解的略談一二，我的確尚未看到過那本書的全貌。由此可見經國先生他對於社會上所發生的任何大小事情都是十分注意的。這時我順便把帶來的拙著「萬里前塵」一書親手送上，他接過來馬上打開看，一邊看一邊又問我的家庭情形和生活狀況。我對蔣院長說，除在立法院工作之外，還在大學兼點課，家中人口很簡單，只有兩個女兒，大女兒在美國已讀完博士學位，小女兒今夏從北一女畢業後，現已考取台大醫學院。接著他又問我住在那裡，我說住在新店中央新村，是行政院住輔會代修建的分期付款房屋。環境清靜，房子也很適用。他聽了連忙說：「那就好，那就好。」

這時我想起身告辭，因為談話時間已超過半點鐘。他看我想走又問我：「你有什麼事情要我幫忙嗎？」說真的，我的確有事想請蔣院長幫忙，但我仍然欲言又止，只說：「沒有什麼事，謝謝院長的關心。」

當我走出行政院的會客室，腦子裡一直想著：「他真是一位隨時關懷別人的人。」

現在回想起當他提出十大建設和十二項建設時，最初雖曾遭受過一些阻力，但由於他的高瞻遠矚，與對國家長治久安的打算，仍然得到各方的支持與擁護。從此終於把我們的國家，帶進了一個現代化工業化的新境界。近年來社會上工商各業的繁榮與進步，真如江水一般的洶湧而至，給人民帶來了多少好處。

蔣經國先生逝世已經數日了，這些天裡，海內外的國際友人與同胞，無分黨派、男女和老少，哀悼與敬佩之聲充滿各處。另一方面，國內各方安定如恆，也可看出經國先生主政多年的政績與遠見。我平常愛讀他的著作，同時在許多場合中也聆聽他的講演或談話，使我深深體會到他對國家與人民的熱愛達到了極點。多年來，在前線、在高山、在海邊、在每一個荒村小店，有說不完他與民眾在一起的故事；他的一舉一動，一言一笑，都給千萬人民留下難忘的印象。他念茲在茲，總是把老百姓的利益放在第一，他永遠關懷別人，更關懷國家民族的安危，從他幼年的艱苦，青年的奮鬥，和老年的奉獻，正如孟子所說：「故天將降大任於斯人也，必先苦其心志，勞其筋骨，餓其體膚，空乏其身，行拂亂其所為；所以動心忍性，增益其所不能。……」近一年來，他對誣衊他、傷害他和反對他的少數偏激分子，一再容忍，真算到了「增益其所不能」的地步。他的生活沒有休息，沒有享受，連自己健康都不在意的付出一切、奉獻一切，一直到油盡燈枯，嘔完最後的一滴血。而今他已鞠躬盡瘁，我們生者，該如何來完成他的遺囑——光復大陸，以三民主義統一中國的大業，這才是海內外同胞們，要全力以赴的責任。（77.1.24.青年日報21版）

趙文藝，陝西城固人，民國八年生，國立北平師範大學教育系畢業、美國明尼蘇達大學研究院研究員，現任立法委員、文化大學兒童福利研究所兼任教授。

好印象（外一章）

◉鄭愁予

初次見到經國先生，是我在鳳山官校接受預官訓練的那年。那時他擔任總政治部主任，到預訓班來看我們這些入伍生，並做了訓話。訓話的內容，如今我還能把要點覆述出來。他說：人的本體可分為兩重，一是潛能，一是修養。他首先說了一個故事，從前在鄉下有一個青年掉在洞裡，好幾個人去拉那青年都不成功，後來有個同伴大喊一聲：洞中有蛇！那個青年便一躍而出，也不需幫助了。這就是潛能。談到修養，便以寒天飲冰水的事做比喻，所謂點滴在心頭，冷暖自知，是自我堅忍砥礪的意思。這些通俗的比喻脫口道來，自然親切，和其他長官四字一句的訓話大不相同，使我印象深刻。另有一句深奧哲理的話我記得：「一個真有權柄的人是不顯露權柄的」。這使人想起宗教家對神力的解釋，最後他談到自己父親的時候，他說：「總統他是一個平凡的人，因為他平凡，日日執著，所以他才能革命。」這幾句話，使我佩服極了。

過了約莫一個月，大隊舉行演講比賽，我便把我極爲欣賞的這句「總統是平凡的人」引進講詞，想不到給我帶來一番麻煩。裁判員們不僅取消了我的得獎名次，還罰我讀訓以儆效尤。我自小每次演講總得第一名的，這次使我非常失望。到訓期快滿的時候，隊職官開始爭取學員入黨，我的術科成績特別好，又是體育代表，又辦壁報、演戲。這樣的「對象」是非爭取不可的了。因此從班長、指導員、一級一級到大隊長和我談話。甚至和我父親打電話了，我就是不首肯。那時我對那些連記憶力也奇差的幹部已無信心。又想，經國先生不以教條為框框，而又以人為本位的思想為何不能據以改造國民黨呢？

再次見到經國先生，是我擔任青年寫作協會總幹事的時候。在此之前，我得了一個詩獎，預定由救國團蔣經國主任頒發的。那天下午我在基隆忙於工作，說出席又不能出席，主辦單位只好臨時請文友鄧文來兄冒名代領。我在電視上見到這一幕，知道頒獎人不曾理會，覺得甚是好笑。不久，我擔任青年作協總幹事，為了受訓事宜訪問經國先生，他才覺得有些詫異。我據實以告，他便笑起來。他說：「軍閥槍決人犯都不驗明正身，領獎就不必驗了。」又說到他到臺灣後還寫過新詩，也愛讀詩，談話隨和，笑聲不斷。

後來，國民黨經過某種程度的改造，慢慢在擺脫著教條主義。他的幽默感和親民的作風（即是以人為本位的思想），使國民黨的基層工作獲得進展。他說的那句有哲理的話：「真正有權的人不顯露出來」卻更能在他的行事中證驗。跟隨他的幹部，具有決策影響力的人不少，數年前還很少佔據要津。他個人的經歷恐怕也是中外文官史上少有的例子。然而詆毀他的人（不是批評）仍比比皆是。因為國民黨理想的成功，就是某些主張的失敗。像經國先生這樣的政治人物，對國計民生、文化傳統，前景命運的關連太大，很多人硬是不從歷史的發展逐一檢視他的事功，偏以恨意擴大不屬於歷史的枝節，即使是心理上得些滿足，卻也是虛妄不實的。而今，先生去了，我這才願意把我的「好印象」寫出來。他在世的時候我不也連署過好幾封抗議的信嗎？

先生在他的時間表裡留下一個最重要的課題，就是兩岸未決的前途，我想新的多黨政體必能把這個課題承當下來。雪竇山下，廬墓煥美，我們不知道會有什麼樣的意義產生。

一九八八，一月十三日 美國

（77.1.30.中央日報18版）

清醒的悲痛

白日，從收音機中聽到經國先生去世的消息，正是在駕車途中，不禁下意識地把車燈打開來。忙中有一點閒分，便去買了一些報紙……只見日本新首相訪美的圖文佔著頭版。挨到晚間，依然按著預定的時間收視安竺瓦茨Andre Watts廿五週年紀念演奏。當瓦茨的手指長抒短擊，摯動他面部悲情的輪廓，真是使人「感入心脾」，而樂章則如長流激盪終於逝遠……這便是Rachmaninoff的第二號C短調協奏曲，著名的清醒的悲痛。哎，是斯拉夫大地的淒愴與浪漫，還是別的什麼感應竟梗在胸中不知如何遣去，這時，台北來電話了。

放下聽筒，回憶日間聽到的簡短的廣播辭：「國民政府　蔣經國總統昨日因心臟病去世，這是一個『朝代』的終止。蔣氏繼其父介石先生任總統，為台灣創造了安定與繁榮……」真的，老老實實的就是這樣簡短的幾十個字。其中卻有一個字「朝代」，其實這是俏皮的說法而實際是代換另一個字：「名威基礎」（Power Base）。姑不論一個避難的政府其法統的維繫是怎樣權宜從事的，經國先生獲選總統確也是經由政統承襲要素之一的「名威基礎」而來，這種力量在封建時代便是王朝了，在現代政治（發展中的國家尤為顯著）便是民眾的影響力和同志的親和力，這是因為現代政治的權力鬥爭是由一個「理想主義」做導引。在困頓的環境中「名威基礎」常常凌越其它的因素而成為急難之法。終其極，為了實現理想。先生就是在這個名威基礎上逐步實現先烈先賢的政治理想，我們不知道他的全程時間表，我們卻能清楚地看見他曾在軌上駛著列車一站一站地向前行進。

是的，他去了，他離開了列車。而這列車是他為他的同志開的，是載著肇造民國建立自由民主的理想。是的，「朝代」終止了。依靠靠山的人該是自己站起來。沒有朝代，國民黨便不再被冠以蔣氏政黨，沒有「朝代」，國府便不再被冠以蔣氏王朝。這正是黨人清醒自信自立自發駛著歷史的列車向前猛進的好起站。

我少年時候在北平一間教會學校住讀，每晨唱校歌，第一句是：「我永遠承認我是基督徒……」，老師說，做基督徒是不能軟弱的，信仰是生命的全部，又想起使人下淚的「總理紀念歌」，很久沒人唱了。恰巧今天聆聽了**Rachmaninoff**，啊！清醒的悲痛。（77.1.16.中國時報18版）

鄭愁予，本名鄭文韜，河北人，民國二十二年生，美國愛荷華大學藝術碩士，現任教於美國耶魯大學。

親民求真
——紀念蔣經國先生

◉陳若曦

我見過　蔣經國先生三次，印象逐次加深。

一九五四年，我念初三，因組織學生勞軍而受到獎勵，被送去參加高中生專有的青年救國團活動。分組會上，蔣先生親臨指導。我坐頭排正中，距講台僅三尺，視聽極佳。還記得他穿一件白布香港衫，態度親切隨和，演講時慷慨激昂，勉勵學員以救國為己任，我曾被感動得熱血沸騰。

長大後，由於錯綜複雜的政治歷史因素，我漸為成見所囿。自蔣先生臨政，聲名鵲起島內外，我為台灣人慶幸，但始終疑懼參半。一九七八年，拙作「尹縣長」謬獲吳三連文學獎。陶百川先生勸我回去領獎，暗示蔣總統有意接見。可惜我成見仍深，終以病辭。

次年冬天爆發了「高雄事件」，震驚海內外。八〇年年初，我受同鄉之託，特地趕回暌違十八載的故鄉，求見蔣先生。

相隔四分之一世紀，蔣先生步履已見蹣跚，但氣色紅潤，精神矍鑠。衣著仍舊樸實，態度更加平易近人。那日在座的尚有蔣彥士和吳三連兩位先生。茶水之後，房間內只剩我們四人，氣氛如同家常會客，使人不覺拘謹或窘迫。

蔣先生顯然知道客為何來，卻不慌不忙地問到我的近況和寫作。政務纏身的人也讀小說，實在出人意料之外。然而我當時心中只有高雄事件，無暇談論文學，竟罔顧禮節，單刀直入地提出：

「蔣先生，我今天是為高雄事件來的，希望您能從寬處理。」

說著，我遞呈了一封由三十五位台灣旅美學人簽名的呼籲書。

他飛快地看了信後，點頭答應：「你放心，這個事件會遵循法律，秉公處理的。」

我少見世面，又缺乏官場上應對進退的經驗，一時竟不知怎麼接腔。好在抱著今生只見蔣先生一回的心理，也就口無遮攔地說開了。大意是，眼前大量逮捕黨外民主人士，已引起海內外人心惶惶。看主人眉心微蹙，似乎不信，我連忙舉出親身的經歷加以佐證。

十八載後初返台北，我心情激動，當日徹夜不眠。熬到天亮了，便迫不及待地上街逛去。一路走到圓環，徘徊了一陣後，看時間不早，趕緊叫了一部計程車回賓館。路上和司機攀談，發現是同鄉，忍不住要聽聽對方的意見。

「高雄事件到底是怎麼回事？」我問他：「誰先動手打的？」

「不能說，不好說……你也不當問。」

司機口氣慌張，又好心地勸我少管此事，恐懼感溢於言表。

為了強調人心的恐慌，我在引述了上面這件小事後，向蔣先生表示：

「島內外都在說，這是第二次『二二八事件』……」

聽到「二二八」，蔣先生臉色陡變，整個人從椅子上彈起半尺高。

「陳小姐，請你不要再提『二二八』事件！」

這時我才發現，台灣人三十多年來耿耿於懷的事件，在蔣先生心目中，分量也不輕。

我求見的目的是，希望事件能以民法審判。蔣先生卻堅持，叛亂案依法必須通過軍事法庭的裁決。

「這些人沒有叛亂的意圖，」我一再申訴，「他們不會，也不必要叛亂嘛！」

蔣先生後來退一步，極具耐心地反問：「如果不是叛亂事件，那麼你說說，這是什麼性質的事件呢？」

我並不曾思索過整個事件的前因後果，不禁一時語塞。情急之下，竟脫口而出：「我想，這是一宗嚴重的，不幸的交通事故。」

說畢，忽見蔣彥士一臉愕然，繼而變色，我猜想自己闖禍了。

這時，經國先生卻以過人的涵養克制自己，不動聲色，繼續耐心地解釋定案「叛亂」的必要性。

我怕他太勞累，相機起身告退。他最後答應，一定合理又「合情」地處理這件案子。

完成了返台的差事後，我放心地到南部遊覽。返程到日月潭時，吳豐山先生突然通知說，總統又要召見。於是中斷一切活動，匆匆北上。

這一次，蔣先生主動談起高雄事件。他對事發當日的細節作了說明，比起前次，較接近我所掌握的事件「真相」。由於我另有一些聽聞，又兼性情愚頑，不知隱忍，不懂含蓄，竟引起了爭論。當時，蔣彥士先生處處衛護總統，忠心耿耿，給我留下深刻印象。

爭論的焦點後來集中在：我相信是先鎮壓，才引起暴動；先生認為正相反。

看看不能說服我，他仍鄭重表示：我以人格保證，我們政府不會行使苦肉計。

先生神情肅穆，語氣誠懇。今日回憶，音容宛在。

我當時真沒想到，他年事已高，為國事竟如此操心，甚至押上自己的名譽。感動之餘，更覺自己罪孽深重，連忙抽空請辭。出來見錶，和上回一樣，又勞累了他一時有半。

返美前，與一個記者朋友聚會。她悄悄問我：「你第一次見蔣總統時，是否向他反映了計程車司機的生活？」

「沒有呀。」我一時摸不著頭腦。「談高雄事件還來不及，遑論其他！」

「前兩天，總統到南部視察，忽然指定要坐計程車，而且非坐不可，大家都覺得奇怪。我打聽了一下，最近除了你，他沒有接見過什麼人。這裡的官員多半不會向他反映這種事。你再想想看，談到過坐計程車的事沒有？」

這時我才恍然大悟。蔣先生很有可能是想透過街車，藉以傾聽百姓的聲音。

以前常看到報導，說他深入民間，察訪民情，隨時停在路邊吃麵，和攤販閒聊。因為成見作祟，總以為是政客之流的作「秀」表現。如今到了古稀之年，他還是這種作風，可見親民求真的態度是一貫的。我不禁由衷佩服。

這一年來，他積極推動開放政策，令人拍案叫絕。我只遺憾，再沒機會向他表示敬意。逝者不可追，願先生千古。

八八年元月廿四日寫於柏克萊

（77. 1. 30. 中國時報18版）

陳若曦，本名陳秀美，臺灣臺北人，臺灣大學外文系畢業，曾任教於加州大學柏克萊分校，現專事寫作。

一同行過

◉曉　風

1、主任

那年，我十六歲，正雙目清炯的望著這個世界。

那是寒假我離家去參加救國團活動，興奮萬分。終於那一天來了，他來和我們一起吃飯，飯後，他站起來，和我們說了一席話。

我不復記得他說了些什麼，只記得他和我們握手，在我們的手冊上簽下「經國」兩字，他的字剛正利落，一筆一筆遒麗實在。

那以後，他換了許多名字，「輔導會主任委員」、「國防部長」、「行政院長」，乃至「總統」，但對我而言，他仍是那個和孩子們在一起吃大鍋菜的救國團主任，和我們一起唱著「時代在考驗著我們，我們要創造時代」的朋友。一個站起來不用草稿便可侃侃而談的兄長。

許多年以後，有一天我和宋時選先生（當時宋先生任救國團主任）一同走在劍潭救國團本部草坪間的小徑，他忽然俯身下去撿起別人丟棄的煙頭，我萬分吃驚，不懂他為什麼能把那動作做得那麼熟練自然？然後，我忽然明白了，這個團，隱隱約約是有一個傳統在的。這個團要為年輕的孩子領一段路，你要去海上嗎？主任在那裡；你要去高山嗎？主任在那裡；有苦役嗎，主任總比你更先在那裡。

我們一同行過，我的少年，他的壯年。

2、請你們坐下

十年過去了，我新婚，因為收到「國軍文藝大會」的邀請，換了一件淺藍色的衫子，興沖沖的去赴盛會。黃昏，他以國防部長的身分來主持大會閉幕禮，軍樂奏響，禮堂裡全體與會人肅立致敬。

正在這時候，他忽然伸手制止樂隊，大廳頓成沈寂，我愕然四顧，不知發生了什麼事。

「對不起，」他說，「在座有些貴賓，不是軍人，請不必向我起立致敬，請你們坐下，對不起。」

軍樂再奏的時候，我和一般其他作家朋友坐著，站著的只有軍中作家了。

不知為什麼，這樣小小的一件事，卻令我久久不忘。所謂民主，恐怕就是這樣一個觀念一個觀念累積起來的吧？不肯輕受一個起立致敬的禮，如此磊落分明，一部中國史裡恐怕沒有第二人吧？

3、照面

我在接待室裡和他對坐，我坐在他的左前方，林懷民是右前方。還有兩三位其他的人。

我仍然雙目清炯，仍然像伏豹似的望著這個世界，仍然不安，仍然覺得隨時可以彈躍而起，去作點什麼……

我望著他，我忽然知道，他衰弱了。

他嘉勉了我們，問我們有什麼需求，我說我個人一無所需，只期望有一個更好的文化環境。

那個下午，一盞茶煙裡，我的心有點悲傷了，眼前的人不再是那個從吳稚暉先生唸書的少年了，不再是那個和老兵一起擘山鑿水，投宿於尚未命名的荒野的壯年了。歲月忽已晚，半生之間，我與他，竟不過是三照面而已嗎？彷彿神仙故事三世相逢的奇遇，我們每一照面，台灣已恍如蛻化一次，但他卻開始老去。我忽然有一點生氣，氣他的老，他原來可以講那麼精彩的笑話，他原來可以跟我們相對坐在粗木桌上，吃小臉盆裡盛著的大鍋菜，他為什麼要老呢？

4、荊冠

你——

我繼續注視著你，無奈的看著你不斷老去，我知道你所戴的那圈冠冕是荊棘編成的，尖刺入肉，看不見的鮮血沿著眉心流下。

我不時為你覺得痛，沒有人透露給我們什麼，但我隱隱知道你每一天每一刻都要和自己逐漸衰微的肉體苦戰。和前任的總統相比，你沒有爽颯逼人的風神，且缺少在激戰時代亢奮昂揚中的四海歸心，你不曾得到神話英雄式的擁戴。在你日復一日的老邁中我感到你只是一個凡人，沒有華麗的光圈，只是一個和我們一起走過歷史烽煙的凡人，只是因為走在我們前面，因而有著披荊斬棘的斑斑創傷，我為你從不呼痛的痛處而悲。

五千年來的中國領袖，有誰和這個時代的中華民國領袖一樣只統治那麼小的國土？然而這塊小小的地方卻並沒有小到不足為治！三十多年間，這塊土地上的中國人有了有史以來最多的錢，我們第一次為錢多煩惱。第一次，你走到尼加拉瓜瀑布或凱旋門，回身一聽，竟全是來自台灣的鄉音。他們的身份是小販、是工人、是學生或家庭主婦。你第一次在瑞士的鐘錶店裡看見阿公阿婆擁成一堆紛紛掏出錢來買金錶，嘴裡大喇喇的說：「給我包十粒！」神形夷然，彷彿叫人包肉粽一般尋常。

我懷疑你是個不乖的病人，一心只想忘記病，而不肯養病，我知道你有奮飛的心情和不屈的意志，然而我悲傷的看著那日復一日的枯朽的形體企圖將你禁錮。我知道你的心仍是新酒初醅，有最紅的顏色和最烈的氣味待飲，然而盛酒的皮囊卻千瘡百孔疲軟欲裂，生命真有其大悲傷，我在你顛躓的步履遲緩的語調以及黯淡的容顏中一再窺知你只是凡人——和我們一樣得過時光的恩寵也受時光的殘虐。那帶走胡適之、帶走張大千、帶走梁實秋、帶走何應欽的手終於也帶走了你。皮囊破了，酒香四溢、澆奠在屬於中國的土地上。

5、競走

民國七十六年，奇怪的一年，中華民國的七十六年裡，前三十八年或順或逆皆在那片海棠葉上度過，後三十八年卻是在這粒蕃薯似的島嶼上。

宣佈解除戒嚴的那一天，我喜悅且悲傷，喜悅，是因我們終於強大到有了自信的程度。悲傷，是因為我猜到依中國人的性格，這些重大的事，沒有誰肯負責。急著促成這件事並為這件事拍胸脯承擔的必然是你。你為什麼忽然以衝刺速度來開拓新的民主規模，是因為你自知已經來到終點線前了嗎？是因為你必須和那強大的對手「時間」來競走，並且趕在他前面觸及終點線嗎？我猜對了，你在油盡燈枯之前整理好了遺產，你交付給我們的是一個更民主更法治更強大更自信的新的局面。

你走的日子，陽明山和大屯山的早櫻已開，今年冬天異常暖和。有人問我是否悲傷震悼，我說不，因為已經悲傷了許多年了，我為那年年月月日日時時的時光之咬嚙而寒心，因而此刻反覺解脫。人類與時光交手，每每被逼到退無可退的懸崖絕壁之際，反身一擊，在玉石俱碎的情形下終於反敗為勝，你，我猜用的也就是這個辦法。

有人極推崇莎士比亞，因而問了一個問題：

「如果沒有莎士比亞，世界會如何？」

答者曰：「如果沒有莎士比亞，一切都一樣。」

如果有人問起：「經國先生去後，台灣會怎麼樣？」

回答也是：「一切都一樣。」

所有偉人的出現，豈不只是期望，萬事萬物各得其本然面目；讓風隨意而吹，讓水清澈而流，讓行者自行歌者自歌，讓花自瀾漫鳥自清囀，讓世界仍循著軌道推移。

人和事，好到極處，也只是一個本然，讓自己本然，讓萬物各得其本然。你終生以赴的，也無非讓人有人的尊嚴，國有國的格局——你在，或你不在，這些本然於我們已如同呼吸，豈會有所改變？

6、一同行過

風樓長夜枯坐，晨興，在北廊上遠眺曦光中的大屯山主峰，只見脈絡分明，兀然與天地同體，一時但覺山川靜好，歲月無驚。想起我曾自撰一幅對子「江山歷歷有人在，歲月悠悠涵道長」。又想起民間對於壽考親人每發「喜喪」，經國先生今日之喪或亦可以此視之，民主大業終於規模初具，林覺民之所以不得不訣別妻兒，秋瑾之所以必須在秋風秋雨中告別而去，其所極力爭取的，不就是經國先生終於底定完成的民主大業嗎？又想起昨夜夜分，李副總統宣誓就職，法體秩序井然，燈光下李總統的面容，憂戚中自有其一貫的堅定莊重，令人覺得安心，個人生命有其窮盡，但道統和法理是無窮無盡的。

想三十年前，我與他的第一照面，三十年後，他撒手塵寰，我卻已是他當年與我相見時的年齡。國家是誰的？人民是誰的？政府是誰的？道統法體又是誰的？豈不是你我這些有一口氣在的人的嗎？江山代有人，堯舜之後必須繼之以禹湯，倘能人人成堯舜，倘能代代有禹湯，則行者自可絕塵求去，生者亦可安然無驚。

望著大屯莊矜自重的山容，如一面揚在城市上方的大旗，我們都是今日中國之風景，所謂我們，是指我，以及經國先生，以及一切生活在這塊土地上的人，以及山川。曾經憂懼一同行過，曾經悲戚一同行過，曾經榮耀與成長一同行過，行列中不免有人退下，有人加入，而山川靜好，歲月無驚，我們仍有長路待行。（77.1.16.中國時報18版）

曉　風，本名張曉風，江蘇桐山人，民國三十年生，東吳大學中文系畢業，現任教於陽明醫學院。

令人驚喜的墨寶

◉龔書綿

民國四十九年九月，經國先生透過他早年留俄的同學，也是當時立法委員王新衡先生，向先夫高逸鴻表達學畫的意願。從此，經國先生每週一下午，固定在兩點到四點，風雨無阻來我們家學畫，三年期間從未缺課，他的謙沖好學於此可見。

那時經國先生擔任退除役官兵輔導會主委，正值開發中部橫貫公路，他除了辦公，還要前往中橫實地勘察，事多務繁，卻始終堅持上課不缺席，如果適逢開會，他便親自打電話向逸鴻說：「請老師等一下，我開完會馬上過去。」他本人若在中部，來不及準時上課，也會交代秘書宋時選、鍾湖濱兩位先生轉達，當天仍然趕回補課。如此敬業以及尊師重道的精神，令人佩服！

記得最初一堂課，逸鴻向經國先生說，學花卉，要先從四君子入手，他當時神色怡然，並且說：「每回去中橫勘察，看見梨山的松樹挺拔，充滿高風亮節的氣概，真是心嚮往之，除了四君子，可不可以同時也學松？」經兩人討論之後，決定兩項同時學。於是，經國先生非常起勁地開始習畫歲寒三友。

逸鴻教畫，先以部分來分析講解，再綜合起來，如梅花，即先指出花蕊生長綻放的過程，然後從各種形狀不一的實體中，去感應它的精神內涵，「畫其形而後畫其神」。經國先生對這種「神」的體會特別強，該與他每以四君子及高松的氣節自勉，以及相互感召有關。

因為出於衷心喜愛，他以倍於常人的工夫習畫，絲毫不以為苦。每次逸鴻交給他的功課，他一週中就臨摹二十多幅，一個月下來已上百張。

逸鴻那時頗為驚訝他的專勤，曾對我說：「蔣先生真是有毅力，一般學生要他摹畫，多畫上幾幅，已經嫌功課太重，沒想到蔣先生超過數倍不止，還如此欣欣然。」逸鴻不免好奇，當面問了經國先生，何以百忙之身，尚能交出這麼多作業，經國先生笑笑，答說：「我都是夜深時候畫的。」

他不僅習畫如此，練書法也是一以貫之。他向逸鴻提起曾請益於卓君庸先生習字，天天就以毛筆寫日記，無論再怎麼忙，都要記上幾行，一面反省一面練字。後來他送給逸鴻幾帖自己寫的書法，每張均註有不同的日期，顯然他無時無刻勤練不輟。

用「平易近人」四字來形容經國先生，十分貼切。他沒有架子，幾次從梨山帶水果給逸鴻嘗用，都親手拎進門。他先後送來「蔣氏慈孝錄」，「禮運大同篇石刻」以及一些筆墨，鎮紙等等，也從不假手他人。

每逢年節來時，總會碰上我家一群小孩，個個都有紅包，皆大歡喜，她（他）們都稱他「蔣伯伯」，喜歡聽蔣伯伯的浙江鄉音，偶爾一兩句聽不懂，經過解釋之後，引得大人小孩一陣哈哈大笑。尚在襁褓之中的老五、老六，也擁有多件嬰兒用品，還是蔣伯伯送的。他和逸鴻的投緣，與孩子們的友善，都是這麼自然。

經國先生在五十一年夏天，曾經送給逸鴻一幅裱好的「竹石圖」，畫上題著「凌霜雪而彌勁」六個大字，上款是「逸鴻吾師賜存」，下款是「壬寅五月生蔣經國敬學畫」一行小字。二十多年來，我們一直視為國寶，懸掛在客廳。本月十三日經國先生因病辭世後，當天深夜，中央日報記者張必瑜小姐打來電話，問我家裡，可存有總統的墨寶？我答說僅有一張竹石圖，第二天她偕同攝影記者郭惠煜先生來拍攝該畫，打開一看，赫然原畫的背後，還夾著另一張畫，主題是梅花，上寫「堅貞」兩個大字。當時真是出乎意料之外，細看兩幅畫的綾邊、花紋及色澤都相同，尺寸一般大小。這兩幅經國先生當年同時裱就的畫，多謝他如此巧心的安排，放一個驚喜在背後，使得當時三人都異口同聲地驚呼起來！

這幅畫是萬萬沒想到在這種情況下發現的，使我們又得一件墨寶。從這件巧事，我更確定經國先生始終是默默地在做任何事，大至國事的經緯萬端，小至這類細微瑣事，都有他的一份用心。他從力行實踐中，來闡揚我國優良的傳統文化，他從事於書畫的學習，便是重視我國固有的藝術。而從藝術所含蘊的內在精神，便是經國先生一向自許的「彌勁與堅貞」。（許佑生整理）（77.1.30.中央日報18版）

龔書綿，福建晉江人，民國十七年生，師大教育系畢，現任詩書畫家協會理事。

慈容長駐心頭

◉鄧文來

肅立懷遠堂前，凝視松柏掩映素菊擁著慈祥的遺容，哭泣的淚水流滿我的臉頰。

您就這樣的走了，十三日晚間八時四十分，猝然的訊息，就像突發的強烈地震，震撼著人們的心田，剎那間，使我們彷佛置身於天崩地裂的驚懼之中，誰也不相信，您在這歷史關鍵的時刻，溘然長辭人間，這份哀傷，不僅是舉國同悲，亦震撼了寰宇人心。

淚眼凝視您的遺容，許許多多的往事，歷歷如昨；記憶猶深的，是大禹嶺雪野的相遇，您像一個平凡的登山賞雪的長者，悄然來到我們的營地，和我們一起玩堆雪人，同唱「當我們同在一起快樂無比！」那是民國四十九年的冬天，我剛從金門戰地歸來，旅居蘭陽平原，參加救國團的冬令營賞雪活動，宜蘭救國團邀我擔任第二梯隊的輔導員。我們這一梯隊，全是十七、十八歲的男女學生，從北部橫貫公路入山，徒步到達大禹嶺，已是黃昏的時分了，大雪紛飛，我們雀躍、歡呼地用手賞掬著雪花，像夏天一樣把雪花當冰淇淋吃。年輕人就是這樣，不畏苦寒，沒有疲勞，吃罷晚餐，我們在雪地上還舉行營火晚會，直到深夜才帶雪夢而睡。翌日清晨，戶外的積雪盈尺，大夥的歡愉之聲搖撼山岳。那一次有三個隊同宿大禹嶺，有人發起堆雪人比賽。於是各隊各佔地盤，手捧臉盆、鐵剷、剷雪、搬雪，七手八腳的堆雪人。當各隊的雪人，堆成小山丘似的巨人時，突然來了兩部吉普車直馳營地。您穿著一件草綠色的軍夾克，頭上戴著鴨舌帽，足穿膠鞋，從第一輛吉普車上走下，雙手高舉，滿臉笑容，口中喊著「同學好，」快步走向我們。當時大家一怔，看清楚是您之後，歡呼之聲山岳迴應。

「來，來，我們大家一起來！」您這樣說著，立刻彎身端起一隻面盆，用鐵剷盛滿雪，各隊的人爭著、簇擁您要您把那盆堆上雪人。您哈哈笑著：「別爭，別爭！我每一隊都堆。」又是一陣震撼山岳的歡呼。雪人堆好了，女孩們搶著替雪人畫眉眼。為了慶祝堆雪人的成功，三個隊圍成大圓圈，您立在三個雪人之間，大家拍掌同唱：「當我們同在一起，快樂無比……」歌聲清脆，熱情飛揚，那情景，真是快樂無比。中午的時候，您和大家一起進午餐，每一道菜，您都吃得津津有味。

歲月如流，當年我這個二十出頭的小伙子，而今已是雙鬢飛霜，然而每一回憶起這段往事，宛似昨日。您走了，再也親近不到您生前平易、和藹的容顏了，只有哀思、哭泣長留心頭！（77.1.22中華日報17版）

鄧文來，湖南醴陵人，民國二十四年生，華欣文化中心出版組組長。

痛快和實實在在

◉張大春

民國五十三年，經國先生在國防部副部長任內的時候，每隔兩週即對部本部所屬同僚發表一次演講。二十多年之後，我的父親第一次向我提及那些演講的內容，此時經國先生已經坐在輪椅上發表全國性談話，我的父親也已自服務了三十多年的中級公務員崗位退休，忙著辦理赴香港會親的手續。「那個時候兒，只有他敢那樣講。」父親說：「換了別人，誰敢呢？」

經國先生在那些演講之中大力地抨擊了行政官僚體系習以為常、安之若素而又積非勝是的種種弊端；其識見之犀利、用心之痛切、措辭之淋漓，在二十年後聽來倘若不知道演講者是誰，或恐還會誤以為那是出自一個不能見容於「忠黨愛國人士」的反對者之口。比方說：經國先生提到政府各階層機關的「人事制度」時曾慨乎言之：「我們現在那裡有什麼『人事制度』啊？我們是有『人事』講『人事』；沒有『人事』才講制度呢！」說到公家機關藉「福利」之名所作的種種營利措施和活動時，經國先生更鞭辟入裡地抨言：「這些都是托眾人之『福』、謀自己之『利』罷了！」

經國先生顯然不只是一個「觀察者」或「批評者」，對於官僚體系的運作，他更有大刀闊斧的實踐要求。中山科學研究院興辦之初，須成立主計部門。院方行文請部長經國先生裁示，所得的答覆是：中科院主計業務由國防部本部主計室兼辦即可。當時的國防部本部主計室主任礙於業務繁忙和人事顧慮，自度不能勝任，便打報告推辭。經國先生立刻召開會議，並在會中表示：「事情還沒有做，就先想法子推托：有肩膀不能扛東西，不如沒有肩膀！」隨後，經國先生立即宣布：國防部本部主計室就此裁撤；人員轉調其他單位，原業務照常辦理。——我的父親在二十餘年之後提起當初聽演講和調職的往事，他的兩個簡單的感想是：「痛快」和「實實在在」。

正如大多數曾經與經國先生有過共事經驗的小人物一樣，值此國殤，我的父親也在記憶中蒐尋著和這位平實偉人有關的點點滴滴。他們的「感覺」看似「簡單」，卻使我倏然為之感動——經國先生或許是國史上第一位不會被「神化」的領袖：他容許人們當面喊：「蔣經國來了！」他到任何一個「不知名的地方」交朋友，隨處品嚐小吃而不收取小商人的廣告費，到幹訓班喊學員起牀時不忘開玩笑：「昨天晚上誰的『呼聲』最高啊？」……然而，任何一個追思者都不會忘記、也不該忘記：在經國先生親切、平易的風範之下，還包容著一分持續不已的「痛快」的自我批評以及「實實在在」的自我要求。（77.1.15.中國時報18版）

張大春，山東濟南人，民國四十六生，輔大中文研究所碩士，現任中時晚報副刊主編。

他和我有一段文字緣

◉王牧之

我是個平凡的人。

平凡的人，希望結交的也是平凡的朋友。

但是，我卻與不平凡的人物蔣總統經國先生，有過一段文字因緣。

緣起，也許都是因為一念之為仁吧。我記得很清楚，民國五十五年冬，我住在鳳山市鳳崗里鳳崗路時，屋子附近有一個大垃圾坑，每天早晨或黃昏，總可看到一個十二、三歲的女孩子，擔著兩個竹籮筐來撿破爛。由於一個寫作者對人世應有的關懷、和幾許好奇，有一天我送給她一大綑舊書報，以及一些破銅爛鐵，藉機探問她的家境，才知道她母親生病臥床多年，單靠她父親做工的收入，無法維持她一家五口的生活；所以她只好輟學以拾荒貼補家用。後來，她家因善心人士的幫助，和自身的努力，脫離了陰暗的日子。

但她的身影，卻不斷在我的腦際浮現。於是，我在聯想中組合了一些其他的人和事，寫成了一個五千字的短篇——「溫暖人間」，並於五十七年二月底投寄中央副刊，幾天後（三月二日），被以頭題處理見報了。

當時擔任國防部部長、並兼任救國團主任的蔣經國先生，讀到這篇感情真摯、故事頗為動人的作品，立刻交待兩個單位的文宣主管部門，派專人訪問。於是作家蔣芸、田原等人，相繼來快信，問我「溫暖人間」是真實？或是虛構？是我自己的故事？或係聽來的故事？文內的主角「阿景」以及「李芬」等人，是否真有其人？希望我詳細的、儘快的告訴她（他）……。而田原的信中，更說國防部願意立刻伸出援手，幫助那失學的女孩和她的家人。

就在那天下午四點左右，擔任救國團「高縣青年」主編的楊俊，突然撥了一個電話給我，說剛接到總團部的指示：要向我作一次專訪。那時我服務於衛武營軍團部軍報社，負責忠誠報鳳山版的編務，白天因工作繁重，幾乎沒有時間出營門。於是，他這稀客來到了我們門禁森嚴的辦公室，開門見山地提出三點，要我立時回答：一是「溫暖人間」的主角阿景，是否真有其人？若有，救國團當儘量設法救助她。二是要了解我寫作的動機。三、是要問我目前的生活情形。

當然，我都據實相告。

可是，時代變了，壞事不一定出門，好事也能傳千里。第二天上午，突然來了一批地方記者，要我重複回答他們所提的問話。第三天，陸總部出版社也來電話，要雷震遠兄就近採訪，為「中國陸軍」做兩頁文圖配合的專題報導。第四天，司令馬安瀾將軍在辦公室召見我，問我的寫作生活，並給了我一個「紅包」，要我努力繼續寫。第五天，聯勤總部要召開南部地區文藝座談會，決定請我去作專題演講。第六天，仲父為我寫「中副的插曲」。……

在我因一篇短文成為「新聞人物」之後，有幾位長官和同事鼓勵我，應該寄一本我出版才半年的小說集「火腿粽子」給經國先生；一方面向他請教，一方面表示我有文藝報國的真誠。

五十七年五月八日，經國先生給了我一封慰勉有加的回信：

「接讀手函，藉悉種切。從各報刊中，見我三軍文藝人才輩出，至感欣慰。你的作品，結構嚴謹，文字清新，寫作前途，實未可限量。尚望今後能側重戰鬥性的創作，以正風氣，以勵士氣；這也是今天文藝創作的正確方向，望共勉之。」

我讀了又讀，知道他的抬愛，無非要我發揮更大的愛心和毅力，創作更富時代意義，更引人共鳴的純正文藝作品。

遺憾的是，兩年後我因限齡依額於四十的盛年脫下軍服，為生活奔波，有好長一段時間停止創作。每當夜闌人靜，面對案上燈盞，他的叮嚀就不期然而然地在耳畔迴響。六十八年六月經國先生到南部來巡視地方民情，並在主持陸軍官校校慶的前夕，相遇於圓山飯店。因為他要接見各縣市首長，只是匆匆的三分鐘，就握別了，不過我走時他囑咐說：「你現在做新聞記者，應該時刻記著『國家、責任、榮譽』六個字。」他的一句話，再度激起我寫作的信念，決心要為苦難的民族寫出血淚的篇章。

在民國六十九年前後，為了社會風氣和政治的改革，我又曾和他通過兩次信。雖然，這兩次他沒有直接回信，但我收到他的著作「風雨中的寧靜」，和中央黨部及有關部會的覆函。據台北的朋友告知，經國先生在七十年以後，糖尿病已影響到雙眼的視力，腿部也不像以前那樣運動自如，他能把我的建議立即「交辦」，已是感激萬分。

此後，看到他下鄉與民眾話桑蔴的活動越來越少，而我們希望他健康如昔，為「三民主義統一中國」的大業導向光明坦途的國人，憂慮的累積卻愈來愈沉重，而民國七十七年的元月十三日，無情的時間和可怕的病魔，聯手奪走他弱體的生命。

雖然，七十六年十二月廿五日，電視螢光幕映出他坐在台北中山堂內，面對一群只知吵鬧、叫囂的「民主人士」，透露出那份說不出的凝重，我就有預感。可是，半個多月來，我一直寧可相信自己一向以為十分靈驗的預感，這一次的感應是出於錯覺。然而，不幸的我的預感在十三日晚上七時五十分，被台北報社撥來的電話證實了。當晚，我發完了兩通電話訪問稿後，就呆呆地窩在沙發上，對著電視機傳來血泣的哀傷，我幾乎癱瘓了，一直到觸及的只是一片白花花的閃光，和沙沙的噪音，妻自臥室推門而出，關了電視說：

「你是看不夠呢？還是不相信這是事實？看看牆上的鐘吧，都快一點了，你不是說十四日起要在陽台上掛半旗、自己帶黑紗一個月致哀悼嗎？放在櫃裡的國旗找出來嗎？黑紗準備好了沒有？再過四個多鐘頭，天就亮了！」

是的，我怎能相信這是事實？可是，繼而一想，經國先生在世時，常勉勵青年朋友的，不就是要大家「面對現實，追求理想」嗎？十三日的暗夜已快過去，十四日的黎明緊跟著來臨。我也不是常自勉永遠要有擊楫渡江的豪情壯志嗎——

「只要有我在，中國一定強。」

我拭掉淚痕，拍拍胸膛站起來，並三步併作兩步地走進書房。

然後撳亮檯燈，攤開稿紙，端正地坐下，奮筆疾書……。（77.1.16.台灣新聞報10版）

王牧之，本名王振荃，浙江義烏人，民國十九年生，政工幹校初級班畢業，現任青年日報駐高雄縣特派記者，文藝協會南部分會總幹事。

他叫過我的名字

◉ 李繼孔

第一次知道他的名字，還在小學就讀。

父親時常把我帶到辦公室去看書，翻雜誌。

在一本叫「新聞天地」的雜誌上，我看到他的名字。「一個人的名字裡有『國』字，又經常能在報紙、書籍和雜誌上出現，這人必然與國家有著相當的關連！」幼小心靈裡，對這個人昇起了一股極高的崇拜。

就讀學校的大禮堂有一天騰了出來，說是讓給大陳義胞居住。第二天，班上就新進了一位和我們差不多年紀的孩子，因為他也姓李，級任導師安排我們兩同座，那時候，好羨慕這位李同學，他可以每天只走幾步路，就回到他的家（禮堂）；不像我們集合排隊、左轉、右彎，折騰好一段時間才算跨出學校。有幾次，我沾「鄰座」之便，受李同學邀請到他「家」裡玩，聽到李同學的父親和隔著一塊破軍毯的「鄰居」聊天，對談中竟然不斷提到我在雜誌上見過的那個名字，而且語氣充滿了對那個名字的感激。後來我才弄清楚，原來李同學他們一家，和那些大陳義胞，都是被叫那個名字的人，冒險去接運來臺灣的。

進入初中，每個星期都得寫週記。無形之中，比以前關心起國家大事，甚至刻意的在報紙上尋找他的名字。

有了。

看到他領頭登臨中央山脈，勘測橫貫公路的開築路線消息；看到他在煙硝彈雨中，進出金門前線，慰勉戰地軍民的消息。看到他不顧己身安危，跑去山上和一群犯人共宿一晚的消息；……。

每次同學們在報紙上看到空戰、海戰、炮戰的勝利報導都雀躍不已，可是又免不了要私下議論：那個常常出現在戰地槍林彈雨中的人，他的父親是總統，為什麼他還要生活得那麼苦，跑到那麼危險的地方去？他怎麼不在家裡當「總統少爺」？

高中快畢業時，在報上讀到他懷念空軍飛行員陳懷生少校的專文。不隔幾天就激發了同學們對於陳懷生少校壯烈為國捐軀的敬慕，同時也理所當然地掀起了一片青年學生報考軍校的熱潮。

進入軍校，幾幾乎是以一種熱切盼望和期待的心情在翹首，期望有機會能親眼看見他，親耳聽到他跟我們說話。這機會終於一次又一次的來臨……。

第一次親眼看見他，是在一個清早。

寒風凜冽中，學生部隊正在大操場舉行升旗典禮。忽然部隊後方傳來「立正」的口令。大夥兒循發令的聲音望過去，見他笑容可掬地正在跟最後一排同學打招呼。

據說：校長在他離開學校以後，大肆責怪門口的衛兵沒有通報。衛兵的回答是：絕對沒有看到他由校門口進來。

隊職官後來告訴我們：他到學校來，一向不預先通知的。那一天，是他的座車在途中拋錨，他就近在票亭買了張公路局車票，打算坐公車回臺北。候車的時刻，在車站跟通勤上學的學生講話，問學生的交通和學校狀況。適巧有一輛軍用吉甫從站牌前經過，車上的軍官眼尖，認出了他，請他上車，就把他載到了學校。

那時候，他的官銜是國防部副部長。

第二次見到他，是署訓，也是個清早，天還沒透亮的時刻。

前一晚，學校的長官就下令：明天有高級長官到學校視察，內務、環境要特別注意整齊、清潔。

我們幾位男同學，奉命一大早去打掃學校大門口。不經意間，好像看見了一輛不起眼的轎車打我們身邊經過；因為是掃地，大家頭低著，所以對那輛車都沒在意。可是不多久，一位隊職官連跑帶吼的出來，把我們幾個正在認真掃地的學生叫回去，要我們回寢室「補覺」。心裡好生得意，不知是那位長官發了慈悲心，不要我們學生掃地了。

隔不幾天，各年級學生每人接到一份講詞，是他說的。講詞大意是：希望軍校學生未將來分發到部隊後，要以身作則，腳踏實地。在那份講詞裡，還舉出了實例。好像是說：他如果通知軍部九點鐘要去講話，結果必是——軍部下令全員八點集合，而師部會在七點先行集合，……依此類推，團部、營部，到了連隊，可能四點鐘就要求官兵起床集合了，他認為這樣的「指揮命令」非常不好，要徹底改進才行。

我們讀完這份講詞，心底不約而同，湧起對他的敬意。心裡想，有這樣一位勤奮而又能革除弊病的長官來領導我們，勝利和成功，怎會不屬於我們?!

軍校畢業前幾天，他來學校點名，當時的心情是既興奮又緊張。興奮源於要和他見面，而且可想而知，距離會非常的近。緊張則是：害怕自己臨時表現失常，發生差錯。

結果當他真正的站在我的面前，我的目光與他接觸的那一剎那，感覺上整個人反而平靜了下來，因為我看到他那雙眼睛和神采，是那麼地和藹可親，流露使人受寵的關懷。也就是那一刻，我明白了，他不是使人望而生畏的官員，是一位令人由衷敬愛的親長。他沉穩清晰地叫出我的名字，我發自丹田，應聲舉手——有！內心即刻興起莫名的悸動。

那一個日子，我牢牢記住——民國五十七年八月二十六日上午七點左右。畢業典禮前夕，他來跟同學們講話。師長和同學們都知道他一向不愛「訓話」，這也許就是大家覺得能與他親近的原因。他像父兄開導子弟般，輕聲、感性的和我們談，慢慢地說，使同學們忘記了他當時的身分——國防部長。

以後，又見到他兩次，一次是軍校畢業後的第四年。一次在金門前線。前一次見到，是他臨時到我服務的單位視察。由於事出突然，大家都有措手不及之感。而且他來的時候，我們已經結束了午餐。他身邊的隨從人員向我的長官報告，他們還沒有吃過午飯。於是我們官員一夥臨時應急，端出了幾個餐盤。盤中三種「花樣」是：炒肉片、荷包蛋和青菜。我們認為真是「菜色不足」，以他貴為政府要員，應該到大飯店裡去，何必來這裡清湯、淡飯？卻見他十分坦然地坐下進食，並且吃得津津有味，使我們由原先的惶恐不安，衍生出高度敬慕。送他登車離去時，還見他笑容滿面的搖下車窗對我們說：「謝謝啊，謝謝你們啊！」

送行的長官，回過頭對我們說：「有這樣一位行政院長，國家何其有幸哪！」

在金門的接觸，是工作上的機會。他去前線巡訪，我去那裡採訪。一般新聞同業，都有相同看法，認為他不應該忽視他己身的安全問題。像搭乘飛機的起降、飛航過程、炮擊，甚至……許多人都會設想和擔心的狀況，他好像從來沒有憂慮過。每次到金門戰地，他的神情總是顯得格外愉悅。「山外」一家小吃店，「金城」一家貢糖店，「瓊林」一家雜貨店……幾個老板談到他，像談老朋友一樣的細數家珍。他們數著日子，等著年節，盼他到島上來敘敘舊、話家常。

身為一個國家的最高行政首長，這樣子南來北往，本島、外島，是不是太累了？聽說有不少人勸過他，希望他多休息。他卻執意要如此奔忙。探望百姓，關懷社會，好像成了他生活和工作中的重要部份和流程。先總統　蔣公崩逝，對海內外中國人而言，是難以忘懷的悲愴經驗。那時候，人們在電視和報刊上，看到他長跪靈前的孝思。也就從那時起，黨國重擔，他一肩挑起，直到生命的結束……。

這之間，我們的經濟發展創下奇蹟，我們的國防力量更加堅實，我們的民主憲政進入新里程……。大家在享受、咀嚼成熟的果實時，想到他付出的太多，也太辛勞了。任何人都可以體認到，他為了國家的轉型與升級，為了同胞的福祉與利益，透支了太多，燃燒了太多，以致於精力耗盡，燭光消逝……。

他這樣不聲不響的離開了我們，我們於心何忍?!睡夢中又聽到他在叫我的名字，我急聲的叫著：您別走，我在。（77.1.22.台灣新生報23版）

李繼孔，山東人，民國三十三年生，現任職華視新聞部。

丟書是一件好事呀！

◉李　冰

嚴冬已過，陽光熙煦，在這花紅草綠的季節，為何會有春天的落葉？

新年伊始，大地甦醒，在這蓬勃希望的日子，為何會有那麼多人痛哭？

那天初夜的耗訊，曾擊潰全中國的人心，我的心也被擊潰，但沒有哭，面對著電視畫面上那幅慈祥熟悉的偉人畫像，我竟回到走過的時光隧道，尋覓，尋覓，尋覓他老人家曾走過我心靈的足跡，尋覓他老人家曾留在我心靈上的句句叮嚀。

那是民國五十八年三月，我在鳳山××軍事學校圖書館任職，蔣故總統經國先生以國防部長的身份，來學校主持預備軍官班的畢業典禮，典禮後參觀學校有關教育設施，圖書館亦是參觀的項目之一。那天他身穿臧青色西裝，繫藍條領帶，精神奕奕的在校長陪同下蒞臨：

「這位是圖書館李主任。」校長介紹他說。

「你……」他與我握手的剎那，突然楞了一下，然後微笑著說：「我好像見過你……」

「是的，部長。」我垂手立正的說：「去年國軍文藝金像獎頒獎後，部長曾召見過。」那天領獎的共有各類文藝獎入選者三十多人，他竟能記得我，真佩服他銳利的眼光與記憶力。

「你得過文藝金像獎？」

「不是金像獎。」我有些歉疚的說：「是短篇小說銅像獎。」

「不管什麼獎，都是榮譽。」部長回頭對校長說：「他有寫作才華，要好好培植他。」

「是。」校長解釋著說：「本來他在教官組服務，去年得獎後，就調他到圖書館來。」

「這裡環境好。行萬里路、讀萬卷書，寫作也要汲取別人經驗，所以要多讀書。」

在日理萬機之餘，部長還能顧及到我們基層的小人物，而且口吻那麼平實親切，當時我竟像站在自己親人面前，有種如沐春風的溫暖。

在圖書館內，經國先生親切的與每位工作人員及讀者握手垂詢，並仔細問我館內藏書的數量、分類、編目及讀者借書的情形，句句是內行話，好像他是圖書館系畢業的。當他知道我們是參照美國圖書館以二七個英文字母來編目後，曾建議我還是以九大類來編目較簡單，因為他參觀過的圖書館卻是這種編目的方式，大家應該統一。

「這種開架式的藏書室，書籍會不會丟呀？」

「會的。」我坦白的說：「不過數量不多。」

「丟書是件好事呀！」經國先生笑著說：「因為拿書的人都是喜歡讀書的。」他這番出人意表而幽默輕鬆的話，惹著大家都笑起來，他自己也笑著說：「這話沒有說錯吧？」

在藏書室內，他細心的看了各類書櫃，並建議我們不必買成套的大書，因為學員們在緊張的操課之餘，沒有太多時間看課外讀物，應該多添購能陶冶品德，輕鬆身心的短文，像商務印書館出版的「人人文庫」，包括各類的知識，是最適合的讀物。

部長在圖書館足足瀏覽了二十分鐘，比參觀其他項目的時間都長，可見他對知識學問的重視，當走出圖書館的門檻，又向我握手說：

「謝謝你……希望你能拿到更高的文藝獎。」

在民國六十二年，我真的又以中篇小說「牧馬鞭」獲得國軍文藝的榮譽金像獎，在沒有高深的學歷及高度才華的我看來，一直認為是他老人家的金口玉言帶給我的幸運，使我在頒獎時又蒙他第三度的召見。

真的，我很幸運，三度聆受經國先生的教誨，而今他的悄然離去，亦更加重我心靈上的負荷，我亦衹有以這支筆，來報答他的叮嚀與厚愛了。（77. 1. 17. 台灣新聞報10版）

李　冰，本名李志權，山東招遠人，民國十六年生，陸軍官校畢業，現任青年救國團高縣青年主編。

他，和我們沒有距離（外一章）

◉沈　靜

「蔣總統就好像隨時在我們的身邊，他和我們沒有距離！」

這是民國六十七、八年左右，蔣故總統經國先生就職總統的週年慶時，一位師大同學接受我訪問時說的話，至今印在腦海，久久不去。

事實上，這段話，正是無數青年學子對他老人家由衷的感受，也是被尊譽為「青年導師」，最重視、關愛青年的他的最貼切寫照！

其實他一直是青年學子心目中的偶像，那不是盲目崇拜，而是發自內心的熱愛和敬仰。

每次親睹他和青少年朋友的相遇、談話，那種濃郁、化不開的歡笑、興奮、充滿感情、赤子純真般的氣氛，和歡聲雷動的情景，對必須「冷靜、客觀」側立一旁採訪的我，總會有如暖流穿身般的感動，更受到強烈的震撼。那真是無法形容的感覺：白紙般的青少年朋友的真情流露。在我看來，就像他是他們最親愛、慈眉善目的父伯；又彷如是他們毫無距離的忘年之交。在他面前不會畏懼、拘謹、羞澀，只有想和他親近、談話、問候的衝動，即使和他握個手或在旁靜靜的仰望他一下也好。

每每遇到這種場面，我總會情不自禁的感染那股「熱」與「真」，致回社寫稿都起勁萬分，但字斟句酌，慎重非常，唯恐漏掉或未將當時情景，作最真實、貼切的報導；自己更有一份使命感，這麼令人欽仰的大人物，身為記者，是有責任報導出來，讓莘莘學子瞭解、讓全民知道我們有如此開明、睿智又和我們心契相知的仁者領袖！

民國六十二年大學畢業後任記者工作，隔年跑文教新聞。當時故總統經國先生是行政院長，他對全民的關呵及國家建設的整體發展，無一遺漏——我何其有幸一直到六十八年暑假，出國前，都有採訪他的機會。

經國總統從贛南到台灣創辦救國團，乃至以後都對教育極為重視，也建樹極多，影響深遠；均不在此贅述，僅想以幾則充滿人情味的故事，感念他生前對教育、學子、學術的殷殷期勉與照拂。

最令人感動的一次，是他於民國六十三年六月八日，親訪當時的盲聾學校，和他們愉快相處了兩個小時；日理萬機的他，卻不忘關懷最需要愛與鼓勵的殘障者，他更細心又充滿一貫的慈藹，和看不見、聽不到的盲、聾生「交談」，也注意到他們的設備與需要。

更令人如今想起都不免落淚的是，回去後，還特為全校師生于六月十八日寫了一封勉函，信中字字充滿感情和鼓勵，他說和他們的相處，「有如上了認識人生的新課。」

信中尤其可看出他老人家人溺己溺的胸懷：「我聯想到，如果我耳聾，便聽不到蟲語松濤；如果我目盲，便看不到山景如畫；如果我口啞，便不能暢所欲言；因此我不禁想到盲啞和聾者的痛苦。……什麼樣的人算是不幸？我們不能說盲聾的人，就真是不幸……。我記得西方哲學家麥克士曾說：『不能用慧眼觀察的人，便是個瞎子。』這和荀子說的：『不觀氣色而語謂之瞽。』實有相近的意義，因此深遠一層來看，盲聾和不聾盲之別，也可以說，就在于有無善良的心和靈活的思考……。」

他最後在這數千言長信中說：「今天我寫這封信，並不只是訪問了貴校以後，內心一時的感受，而是這一份感受，我體會到了人生奮鬥的真義，也體會到了更加深重的責任；只有踐履了這些責任，我才能心安理得，天君泰然，得到真正的快樂。」

六月十九日，我趕到盲聾學校，訪問師生們接獲這封信的感想；他們都欣喜若狂，覺得特蒙恩寵，尤其振奮感激，盲、聾生分別以口語和手語訴說感念、興奮之情，也津津樂道他以院長之尊，竟和他們相處了兩個小時，他們說：「蔣院長帶給我們求生、奮鬥的勇氣。真的，原先我們都以為是被社會遺忘的一群，但現在蔣院長的愛護、關懷，無疑的為我們原本自卑的心靈，注射了一劑強心針。」

這篇報導第二天獲得全國各報一致刊載，心中愉悅難以言喻，不在為「滿堂彩」的見報，而是欣慰盡了記者的一份職責，尤其「院長伯伯」那份細膩、誠摯的關愛與仁慈，更無時不以天下蒼生為念，尤對受苦的人，實難能可貴。後來盲聾學校師生及設備，都因而受到大大的改善與重視。

民國六十四年十一月十五日，他因台大三十週年校慶前往致賀。只記得一時蹦蹦跳跳的青年學子，將他一層層包圍起來，「院長好」問候聲不絕於耳，他們手舞足蹈地，情緒興奮沸騰，一位同學告訴我：「蔣院長政治家的風範，留給我們至深的印象；他如沐春風的長者作風，尤其諄諄教誨，用心良苦的訓勉，更打動我們的心！」

記得他總是帶著一貫祥藹、平易近人的微笑，和他最鍾愛的年輕人話家常、拍拍他們的肩、溫暖的緊握他們的手、不厭其煩地為他們簽名……，那種情境，受歡迎、擁愛的熱烈場面，使得在一旁採訪的我，不禁熱淚盈眶，有如受到電擊。因為我也是二十多歲的青年，深切體會他們對他深長、無以言喻的愛與感情。

還有他多次關切大學聯考對全國學子的影響，致每年聯考必親訪許多考場，為考生打氣、叮嚀他們不要緊張、放鬆心情，也慰問家長與試務人員，他總是在不打擾考試時間去看他們，有一年在金華國中考區正考完第一節國文，考生們發現他的蒞臨，霎時忘了緊張和疲憊，欣喜若狂的大叫：「院長好！」

一位陸紫千考生暫忘考試，拿著書本，請他簽名，他含笑簽上「經國」兩字，一時仿效的青年一路上來「如法炮製」，大家長般的他豈會拒絕？考生們無不雀躍萬分，許北斗考生說：「院長給我簽個名，我一定考得上。」

當時一位稚齡陪考的小妹妹，看忙得滿頭大汗的他，竟天真的問：「院長熱不熱？」一臉慈祥的他忙笑著說：「不熱！不熱！」但真情可愛的她說：「院長，我很熱。」一時笑聲飛揚原本嚴肅、緊張的考場。

約民國六十六年，又遇他巡視大學聯考，發生一段與我有關的小故事，如不是他寬厚、仁慈，起碼會責怪我的魯莽與不懂分寸。後在美時，曾在世界日報的：「夢繫家園」一文中特別提及，大致是：

記得前兩三年，我們在七月一日清晨必到台大門口，「癡癡等待」故總統經國先生，也就是當時的行政院蔣院長，大家都不願遺漏了他巡視考場、慰問考生家長的新聞，那年的大學聯考，故總統經國先生先到台大巡視，那也是一大早，待我趕到時他剛離去，不過同業們說不用急，那時考生正在考試，他只在場外看看後離去，我們一大群記者猜想他下一站應是金華國中，不能遲疑，去了再說，真幸運，他正在這裡，當時第一節剛考完，一大堆學生、家長團攏著他，和祥親切的他不斷關切地跟大家談著，我記得很清楚，警察電台的陳梅珍不放過難得的機會，拿著麥克風，首先請教蔣院長，我們這些記者也相繼發問，他都和氣地一一回答，也許是再也猜不準是下一站他會到那個試場，我看他即將離去，不知那來的勇氣，魯莽地衝口而出請教他還會到那裡巡視，他竟未以為忤，微笑地告訴我十點鐘還有事，不去別的考場。事後，有人說我幫了他們一個忙，否則只好到外亂鑽，猜院長的下一站，但我卻捏了一把汗，後悔自己的莽撞，真的，怎能隨便探詢他的行踪呢？不過我們這群記者也得到證明，故總統經國先生的平易近人，毫無架子正可見一斑。

提到這件事，又聯想另一件事，不得不吐為快了。母親知悉我有採訪當時蔣院長消息的機會，就常要我應趨前代表父親及家人感謝他對我們的恩情，因父親曾在贛南追隨過他老人家，多承照拂，來台後家中唯一的男孩——弟弟克悌，才幾個月大就常生病。醫生說得打血清，當時台北只有兩針血清，價錢極貴，但事經蔣院長知道後買了一針送給弟弟，後聽母親說克悌真靠了那一針，而芬妹還注射了一些剩下的血清，難怪皮膚比我們姊妹都好。但當母親一再提到她的「要求」時，我就會笑母親，有時幾乎厭煩了，告訴她記者採訪新聞，不是以自己為主，怎能趨前「自我介紹」地向蔣院長表示我們誠摯的謝意呢？別人說不定會笑我要攀什麼關係呢？而且他日理萬機，未必還記得父親，我對母親說：蔣院長不會在意他送的『這一針』的，而我們對他的崇敬和感激，只要深記在心和表現在效忠領袖，貢獻在國家、工作中，不是一樣嗎？就這樣，基於羞澀及記者的職務重要，我一直不敢在難得的採訪機會中，向故總統經國先生表達我們全家的謝意，現在每看到長大成人的克悌，挺拔魁梧，並成為捍衛國家的軍官，怎能不讓我們時時想到他的恩情；也使我深切體認：偉人之成為偉人。他原就是那麼寬厚、仁慈、親切、愛民的，不是當了總統或院長才如此啊！我又記起訪問過的一位師大同學的話：「蔣總統就好像隨時在我們的身邊，他和我們沒有距離。」

他更在六十四年全國教育會議中，力剖教育的膨脹、教育內容的陳腐，並提及他到鄉下巡視，發現國中放牛班與明星班、升學主義等對學子造成的傷害，並舉其他許多小事例大影響的事實，要求教育界辦好教育，使「今天的青年，不但有學問，有好的分數，也要有根、有本。根與本，就是我們教育最重要的一環。」當時與會者十分驚訝院長對教育問題的觀察入微、瞭解的深入，致不敢稍有怠懈。

蔣故總統對青年、學子與教育、學術的重視，實無微不至，各種感人的小故事，青年朋友對他的愛戴與尊崇，發諸內心的感情，將永遠講不完、訴不盡的。古云：「天不生仲尼，萬古如長夜。」我們要說，尤其他鍾愛的青年學子更要說：「天不生經國先生，台灣將永無法看到黎明、乃至如今的燦華一片。」

今天，全國沉痛、難捨地紀念他，最重要的應謹記他老人家生前對我們青年的期勉與訓誨，也正如他在台大三十週年校慶講話時希望的：「在這個時代的青年，在反攻基地的青年，和台大的青年都是最幸福的，但也是責任最重大的青年；今後不但要求取知識，而且要負起拯救大陸同胞的重大責任。」他又說：「你們一面要讀書，一面不要忘記救國責任！」

寫到此，不禁淚流滿面，彷彿又看到他總是慈煦如陽光的溫暖、充滿親藹的長者笑容，還有最近電視紀錄片上不斷放映的，他在救國團主任期間，讓青年朋友舉起、拋向天空的開懷、歡笑場面。

真的，他還是會隨時在我們身邊，雖然他老人家已「竭股肱之力，盡忠貞之節，繼之以死乎！」但我們深信他永烙每個人心裡，正是那位師大學生所說的：「他和我們沒有距離！」（77.1.30.大華晚報15版）

大家一齊寫出來！

偉人箴言，是千古遺典；偉人軼事，將萬古流芳！

畢生勞瘁、為國為民的蔣故總統經國先生，將隨其靈櫬奉厝桃園大溪後，永遠安息；全民的難捨與悲痛溢於言表。但全體受經國先生照拂的民眾，如今不得不「剪去」數十年來一直依恃他老人家的無形「臍帶」，一時猶難適應。

蔣故總統受到國際推崇、肯定，更受舉國愛戴敬慕，是少有也是公認的「最平民化的領袖」。這從他辭世後十數天來，四面八方湧潮不斷的弔祭民眾，以及各傳播媒體的報導，便可概見一斑。很多人都有同感：他老人家的朋友實在太多了，受過他恩澤庇蔭者不計其數。不談他每每洞燭機先，建樹政績；他朝夕與同胞、部屬相處的時刻，就有不少看似平凡、平實，卻實蘊至深哲理的小故事，常予人茅塞頓開之感，值得奉為圭臬。

紀念一位曠世偉人，雖有許多方式，但除貫徹遺言、實踐其未竟的志業外，很重要的一事是：以紙和筆，將他一生的箴言與軼事，流傳下去。這不但使今人受惠，更將綿延千古，使他老人家在歷史上定位，獲致應有的評價。

經國先生一生勤政愛民，從來沒有小我、個人之念，心中只有國家、民族與同胞；尤有雍容大度，經常原諒誣衊他的人與事，從不辯駁，只知為國為民，犧牲奉獻。

因此，筆者在此呼籲認識他、瞭解他、與他接觸過、受過他惠澤、或聽過他感人故事的國人，尤其能提筆寫出來的人，大家一齊來：說出來、寫出來！紀念這位使我們國家屹立、經濟起飛、民生富裕的「引路者」，和永遠在逆境中積極進取、奮力向前的偉大領袖！

筆者更盼望他生前鍾愛的長孫女，中英文俱佳、文采斐然的友梅小姐，將平日與爺爺相處時，以充滿孺慕之情所聽到的爺爺的故事寫出來。相信必更真切感人。

希望紀念經國先生的無數書典，相繼出版，成為現代的「世說新語」；讓我們一齊攜手「寫出來」！

（77.1.30.民生報9版）

沈　靜，江蘇鎮江人，民國四十年生，師範大學社教系新聞組畢業，現服務於中央社。

那曾握有的温暖亮熱

◉履彊

收拾好簡單的行囊，我手中揑著小小的車票，和妻兒輕語話別，闔門，走出巷子；我要搭夜車返鄉。璀麗的街市燈火，忽然漫著一股肅靜的氳氤，我止步，從人家店廊望入，電視螢幕正播播著……。我急轉身，奔跑、轉彎，妻迎面衝過來，她的臉上佈滿驚慌、淚意。未語，我們相偕入門，孩子正盯著電視，問道：怎麼會呢？怎麼會呢？

怎麼會呢？怎麼會呢？怎麼會呢？怎麼會呢？

我握著雙拳，讓溼熱的淚淌滿眼、臉……。

回到營門，我的步履和身影，在隆冬的夜裡，竟不是單一的觸響。我的弟兄未眠，雖然，深夜。每一個人都沈默著，所有的沈默凝成巨大的問號，所有的眼神交匯成難忍的哀傷。

我們在凌晨之際，肅立在燭火前，面對那藹藹的面容，仍是不能話語，動作遲緩而一致，能說什麼呢？語言的感應，聲音的振幅全然陷溺在澎湃、寧靜的悲痛中。

我不想制止弟兄們在營區裡的任何行動；他們落淚的理由，無須任何詮釋；一束束馨香，在持槍的手中傳遞著心靈的共振。

回到房間，我將返鄉的車票取出。我當然知道，寂寞而知足、忠貞堅守厝庭與田土的雙親，對我未能如期歸返的原因必然知曉。

拏起話筒，我深知彼端的雙親，亦必難眠，何況天光已現，海潮正退。果真，電話才響一聲，話筒裡傳來父親的輕咳。

父親只是嘆息，問道：「那也安呢？總統還好好的，那也安呢？」

母親說：「親相做夢咧，唉！實在想未到。」

話筒裡的悲嘆，使我再次難禁飽滿著的眼淚。電話在無言的息嘆中掛斷。

早晨，我們無約，便集合在素樸的靈堂裡。遺像兩側的素花，摘自防區的山園，猶沾露水的花瓣如淚。一仰首，便難忍悲愴，我原準備簡短的講話，要追述總統老人家的行誼，我張開嘴，輕輕的——啊——喉嚨裡已哽著萬千的哀傷，我背後，一聲聲隱藏不住的泣哭，由小而大，有人無法按捺，終於，號哭……，我講不出任何字句。

我們忙著找尋黑紗，敲響山村人家的門，從每個哨所、據點附近的店開始。而弟兄們的回報，竟是「他們也在找」，他們，這山海之交的朋友們，我們戍守防區內的居民。

總機傳來電話，是村長的，他告訴我：村民們預定在太陽昇起前，舉行追悼會；並說，全村的人都在找黑紗。他和我一樣著急。沒有人料到會有這一天，沒有人會相信這事實。村長用山地話說：怎麼會這樣突然呢？他甚至生氣的問：神是幹什麼吃的？讓總統這麼快就走了！

我從語氣裡，聽出村長並無酒意，他每天快樂的上山、下海，快樂的喝酒，話語裡常常帶醺味，總笑我無酒力。我無法回答他的問題。

天色還青，活動中心的燈未熄，慣於單衣的村民們陸續到來，一張張黑黝的臉，寫著真誠的悲傷，他們匍伏下去，跪拜著，注視著白燭映照下的總統遺像，輕吟著追悼的禱詞，平日喜歡玩笑、吹牛，在高山、大海中比力氣的夥伴，此刻，如找尋方向的羔羊，互依、互望，以點頭、拍肩、握手傳達共同的心情。

旭日仍自海面昇起，潮水湧盪向岸向海。我仍例行每日早晨的海濱步巡，以往，步巡是我最愉悅的開端；在這島之邊緣，牆外是山、門口是海，地圖上找不到位置的戍區，擁有每位弟兄的信任、友情以及這片淨潔的山林、海岸，我忙碌而快樂。步巡時，除了查看附近的防區，也拾貝也觀海，同時，也和清晨下海勇壯的村民寒暄，看他們揚帆下網，聽他們朗邁的歌與笑。

而今晨——昨夕之後的早晨，一如往常，海潮仍溼岸礁，鷗鳥依然在盤旋，但我的步伐卻沈重難移，山水顏色幻成刺眼的白茫。岸邊的釣者無影，下海的舟子也不再吆喝著粗獷悅耳的山地歌語，愛玩笑、吹牛的漁人在竹筏上，也以不言回答浪聲。

走過岬角，眼前就是礁岸了，我再也無心走近去觀賞村民們抓捕的龍蝦大小，聽他們講帶酒味的話。而他們也未飲酒。一些網在水中佈置，一些魚、蝦在躍動，他們彎腰撿取，沒有往常的興奮的喊叫。

快轉彎時，背後匆促的步聲和低沉的叫喚，我止步。是村中的朋友，他抖了抖網中的魚蝦，要送我。我輕聲道謝，拒絕他的餽贈，接受他伸出的巨大的手掌。

那掌，粗硬、有力地迎向我，帶著鹽的味道。

「保重啊！」

他的掌再次用力，另一隻手也抓握上來。

同樣的粗、硬、有力，他眼裡閃著真實、自然的光輝。我們的手如此的握合在一起，輕輕抖動。

「保重，大家保重。」我說。

他仍未放手，我更真切地感應他的誠懇、摯情。

手鬆掉。我突然再次伸手，握住他粗厚的手。我當然也是認真而誠懇，村民早已把士兵們和我當做村中一員，我們以「朋友」、「兄弟」相呼。

再次握住他的手，有另外一個理由，一個被掩藏、不欲為人知的理由，一個我獨享的祕密。

他的手，和　他的手，竟是一款的粗糙。

我心悸動。

一個山村居民，一個捕魚郎的手，竟和一個國家元首的手相似（在以往，這是多麼不敬的相擬）？

我停下來，坐在一塊巨石上。我沉痛，也快樂地思索著，那十三年前，清晰、溫暖的記憶。

彼時，我仍是軍校生。在鳳山，校慶是一個亮麗的日子。那天早晨，我們換上新整筆挺的軍衣，在點名之後，如常在校園晨讀，我們被告誡，要注意儀節、應對，不要緊張、慌亂……。我和同班的伙伴捧著書，有些漫不經心，有些緊張的注意著課本以及路口。課本上的段落、語義已熟透，而路口那端還沒有「狀況」。

——狀況發生了。

同學眼尖，忙低聲喚我。我們趕緊「專心」地看著書。我用眼睛餘光瞟著路那端。是他——蔣院長，在校長和其他長官陪同下，巡視校區來了。他微笑，和在路邊值勤的士兵、看書的學生一一握手、寒暄，一路緩緩步行過來。有許多同學很「自然」的移步轉向（怕應對不週，遭到禮拜天禁足處分），也有人「自然」地向路邊靠聚，我似無意實有意地向前走了幾步，然後，停下來，等待；是一種虛榮。

——來了！來了！

值星官裝作自然地低聲提醒著。

我忽然後悔自己的孟浪，想要轉身回到原先的位置時，那徐徐的步履，已來到面前。長官已在向我示意，我僵硬地微笑面對院長，敬禮、問好、挺胸肅立。院長頷首，一直說：「好！」他接過我的書，翻了翻，微笑地交還我，然後，伸手，我迎過去。那瞬間，我有一種詫愕。我的手掌，竟與一雙粗糙極了的手交握，而他是院長啊！院長的手應該如相書上所記，柔軟、細白的達官手相啊！

我一直迷惑；他的手怎會那般粗糙。後來，讀到、看到他早期生活的艱苦記錄，我恍悟。而這不成祕密的祕密，遂成為日記裡獨享的快樂。返鄉，得意地告訴父親，他回答：「那你不用洗手了。」父親笑著，「和院長握手，稀罕嗎？」父親數著鄉裡的人名。他們都曾和他那一雙粗糙有力的手握過，有進香時在北港遇見的，有在車站候車、在區運會中觀眾席上與他相逢的。握手，握心靈的手。當時，我細細地咀嚼這句話。

畢業後，在每個不同的地方駐守，我接觸了和故鄉人相似的人們，從咬檳榔的口中，從含菸的嘴裡，從喝過酒的唇，說出的關於經國先生的事，竟都相仿。他和他們如同父兄、家人。我不曾再與他握過手，但那次刻意的會見、握手，卻成為永恆的銘記。我沒有再向任何人提起，因為，那太平常，不稀罕。及至去年，我在大直受訓，偶在返家的路上，與總統座車交會，我驚異地看到，車窗內的他，溫煦、安詳的面容未改，只是鬢髮盡成灰白。

——啊！那是總統。

第一次，我如此輕喊。爾後，我仍如是。

計程車司機回答：「是啊！總統，我幾乎每天都看見他。」

結訓後，我分發新單位，仍有舊識，不免提起路上相會的事，大家都祈願他老人家平安健康。直至去年僑泰演習，我又在電視上，看見老人家神采奕奕地在閱兵台上揮手、答禮，弟兄們禁不住熱烈地鼓掌。我們多麼慶幸，總統的健康無虞。

海岸的浪濤，恆如是拍擊著礁岩，水音旋起、波峰湧盪，我坐在石上，交握雙手，我的掌中，仍留著剛才相遇的村中朋友粗糙的指印，他重新走向海裡，以手懇拓生活的價值。

我靜靜地思念著，那曾握有的一股溫暖亮熱……。（77.1.29.台灣新生報23版）

履彊，本名蘇進強，臺灣雲林縣人，民國四十二年生，陸軍官校畢業，現任軍職。

重信諾的長者

——懷念蔣故總統經國先生

◉吳 鳴

清晨的時候，晨曦緩緩從海平線升起，一列金馬號組成的車隊開始出發。

行經低矮的防風林，岩岸海灣展露一天最美的姿態，這是一九七七年秋天，多陽光的花蓮海岸，金馬號車開往臺中。越過太魯閣的時候，挺立向天的崖壁，崢嶸峭立，九曲洞前，一顆題名「鑑臺」的巨石安穩矗立，再過去一些就是燕子口了。坐在左排靠窗的位置，一個從小生長的農家的孩子，簡單的行囊，一襲棉被，幾本書，和一顆欲究天人之際，通古今之變的襟懷，走向歷史殿堂。長長的橫貫公路，宛如盛衰起伏的歷史，這樣一路顛簸行去，轉彎的時候，遠近青山疊翠，把驚險的旅程襯托得更為多采。這條崎嶇多險，卻又蘊涵豐富寶藏的橫貫公路，萬水千山，正是歷史的最好寫照。十八歲的少年，慕鴻鵠之志，理想在遙遠千里。行囊底層，母親仔細的藏好了註冊費，那是稍早時候家裡採收無籽西瓜所得。這個要走向學術殿堂，千辛萬苦負笈異地的少年就是我。

五六月的時候，日頭赤炎炎照著，田裡一壟壟的瓜苗多麼茂盛，一顆顆渾圓的西瓜迎著朝陽，展露出墨綠色的光澤。今年的西瓜收成特別好，一株瓜藤結了六、七個，一甲地收入在十萬元以上，陽光和雨水恰到好處，西瓜沙又甜，有稱頭，品質佳，父親嘴上掛著豐收的笑容，一顆忐忑的心也安頓下來了。今年可是家裡唯一兒子要上大學，年冬不好的話，到哪裡去張羅註冊費？剛考完試，我用手抹去臉上的汗小，和父親一塊兒下田，忙著牽藤、拔草、噴農藥、澆花、摘瓜之類的事，年輕飛揚的心也知曉自己的鴻鵠之志要靠這些西瓜來完成。

西瓜成熟的時候，纍纍果實，快慰的笑容在每一個瓜農臉上。碧蓮寺那邊來了客人，矮矮胖嘟嘟的身影，瓜農們採摘了園裡最圓熟飽滿的西瓜，夾道往碧蓮寺去，駛牛車的，騎腳踏車的，還有鐵牛仔車和摩托車，來了，都到碧蓮寺來了。從村子各個角落的西瓜園急急趕來，因為碧蓮寺有最親切的蔣院長在那兒，大夥兒趕著送最香最甜的西瓜去給他老人家吃。父親和母親也在腳踏車後座載了西瓜，一路歡歡喜喜地到碧蓮寺。蔣院長正和村民們閒話桑麻，殷殷垂詢今年無籽西瓜收成的狀況。角落那邊有人用不太標準的國語說：「院長吃了就知道。」老人家拿起八仙桌上切好的西瓜，吃得滿口說好。

就是前一年蔣院長說的，他要連續五年到豐田村來看大家，這是第二年，西瓜收成特別好，瓜農們高興，蔣院長也微笑著祝福大家來年收成更好。就這樣，蔣院長來了三趟豐田村，在西瓜成熟的季節，村民們最熱切盼望的就是蔣院長到碧連寺來吃西瓜。第四次來豐田村的時候，蔣院長成了蔣總統，「院長好」改口為「總統好」，豐饒的田園，無籽西瓜專業區瓜瓞綿綿，收成一年比一年更好。

十年後，蔣總統經國先生推動的十大建設，十二大建設，一項一項地完成，相對於這些大事，五訪豐田村就顯得更為珍貴了，縱使面對一群平凡的瓜農，老人家依舊一本初衷，信守然諾。而十年前那個十八歲的少年，從農家走出，完成了學院的階段教育，開始記錄歷史，研究歷史，以目擊證人的眼睛，觀察著十四大建設的逐次進行。

不僅是經濟建設，政治革新更是蔣總統經國先生重信諾的表現。從去年到今年，解除戒嚴，開放報禁，解除黨禁，都是政治革新的重大事件；而這些都將進入歷史，為後代的中國人所崇敬、懷思。民主的腳步邁開，海內外的中國人殷切期盼政治革新，走上民主的坦道，國會改革方案剛剛開始歷史學家執著如椽巨筆，等著記錄這些歷史事件。驚聞噩耗，我們敬愛的蔣總統經國先生竟中道崩殂，真的進入歷史了。

歷史性的此刻，我們更要遵循蔣總統經國先生既定的方案，完成老人家生前未竟之職志，繼續推動政治革新，邁向民主的坦途；並早日完成十四大建設，使經濟邁向開發國家之林。

蔣總統生前既重信諾，在此歷史性的一刻，我們更要堅定民主的腳步，繼續向前邁進，完成他老人家的初衷；然後，讓這些都進入歷史。而史學家們正張巴著現場目擊者的眼睛，執著如椽巨筆，開始記錄剛剛發生的歷史事件。

橫貫公路兩旁的青山疊翠依舊，當年那位穿著夾克，往來穿梭於崇山峻嶺間的大家長已離我們遠去，永眠地下，緬懷長者，我們繼續走在歷史的道路上。

民國七十七年元月十四日凌晨二時寫於舊庄

（77. 1. 18. 台灣新生報23版）

吳　鳴，本名彭明輝，臺灣花蓮人，民國四十八年，政治大學歷史研究所碩士，現任職於聯合文學叢書出版主任。

輯三

開路的典型

典型

◉黃碧端

有時候，一個時代以它所有的成敗得失來見證一類典型，當這類典型人物逐漸消逝，也便標示了一個時代的過去。

蔣經國先生也許是這樣一類典型的終極人物：屬於他的時代不僅是一個開創的重擔和傳統的包袱要一肩挑起的時代，也是一個治事的能力和倫理的期許無法截然分開的時代，這個時代的典型把要做一個「什麼樣的人」的使命感幾乎看得和要做「什麼樣的事」同其重要。我們如果回顧民國以來具有扭轉歷史的意義的領袖人物，不難發現政治領袖從孫總理到先總統到經國先生，學術領袖如胡適之先生，都是具有這樣的特質的典型。這一類典型，在他們離開我們的時候，所代表的因此不僅是一個「人物」的消逝，引起的也不僅是對一個「人物」的悼念或惋惜，而是深長的悲痛——大眾的淚水慟哭中有對他們以往的貢獻的感念和對他們的未竟之業的感傷，更重要的，還有對一個傳統、一個價值，一種勇氣隨斯人俱逝的感懷，從這種感懷中衍生出大的歷史悲情和傷痛。

因此，一個典型不同於一個單純有某種成就的人物，他不僅僅代表一番功業，也代表一個價值的執著、一個承擔的大勇，這種執著和大勇有時因對照了時代的紛擾而益見其意義的不凡。民國二十三年胡適先生有一篇文章稱民初的二十年是「中國史上一個精神人格最崇高、民族自信心最堅強的時代」。然而我們回顧民初這段期間，卻也是中國近代史上一個最紛亂動盪的時代，胡適所以給了它這樣高的評價，是因為這個時期的領袖人物使他的時代有了一個超越的精神面貌。「這個時期的領袖人才，人格比舊時代的人物更偉大，」胡適說，「試把孫中山來比曾國藩，我們就可可明白這兩個世界的代表人物的不同了，在古典文學的成就上，在世故的磨練上，在小心謹慎的行為上，中山先生當然比不上曾文正，然而見解的透闢、氣象的雄偉、行為的勇敢上，那一位理學名臣就遠不如這一位革命領袖了。」

然而「見解的透闢、氣象的雄偉、行為的勇敢」也還沒有完全說到一個典型人物的歷史意義。民國以來，這些領袖典型所表現的「見解、氣象、行為」背後還有一個共同的特質，就是從孫中山先生以繼承「堯舜禹湯文武周公孔子……」一脈的大道統自期開始，他們都在向一個大的倫理道統效忠。他們也許不是聖人，但是在面對無數橫逆挫折和危急存亡的考驗的時候，是這個倫理道統給了他們殷憂啟聖的堅忍；也是這個倫理道統，使他們在承擔政治責任時，前人的未竟之志成為他們所承繼的數千年的大道統中新起的使命環節：孫先生建國的遺志成為先總統一生奮鬥的志業，而蔣先生未竟的復國之業成為經國先生鞠躬盡瘁戮力以赴的目標。曾文正的偉大當然也在力挽中華道統的絕續存亡，民國以來的領袖典型則在胡適之先生所稱道的見解、氣象和勇敢 之外，更具備這種倫理道統的信念，我們的時代的紛擾不安和挫敗，因了有這樣的典型而得到一個意義不同的精神面貌。

時代也許無可避免地將從倫理領導逐步走向技術領導（technocracy），新的典型會在新的時代產生，而新舊之間，有我們的追思，也有我們的期望。（77. 1. 17. 聯合報23版）

黃碧端，福建惠安人，民國三十四年，美國威斯康辛大學文學博士，現任中山大學外文系主任。

開路者

——敬悼蔣故總統經國先生

◉司徒衛

路是人走出來的。

而開路者卻胼手胝足、流血淌汗，發揮他全部的心力，闢建道路。開路的歷程即是他人生的途徑。他要世人走寬廣的路、平坦的路、四通八達的路。他走在前頭，領先開闢道路；而有志一同者，自然而然地跟在他後面，開路；齊心協力地開路。

在原來的道路上，他是一個延伸路段的新定點；而面對尚未開闢的新道路，他永遠是一個起點。就像標竿那樣，開路者屹立在新舊道路之間。

他運用超人的心智，首先籌劃與描繪道路的來龍去脈或錯綜交織，而後把路線、趨向落實在大地上。他多熟悉那條走過來的路途，同時多寄望於那條新道路的完成。在他心目中，那條尚未完成的，那條他所戮力以赴的，應是通往光明與幸福的康莊大道。他的憧憬，他的熱誠，使那條新路向他的理想世界伸展，不斷地伸展。

因此，開路者不畏艱難，心甘情願地茹苦含辛。他的血汗中凝聚著信心與希望。在挖掘、填土、碾平的工作中，充滿實踐的勇氣和力量。在繼續不斷地開路進程中，完成一尺一丈，有一尺一丈的艱辛和快感；完成一段一程，也有一段一程的辛酸和喜悅。開路者永遠是這樣血汗交迸、悲喜交集地，工作著，工作著。

開路者真正的快樂，建築在這條新路所給行人的快樂上。即使他可能見不到這些情景，只要想像到會有許多人，將在這條路上唱著、走著，或大踏步前進，或駕著車奔馳，他也可有盡其在我的心滿意足了。

這樣履險克難的工作，塑造了開路者的英雄形象，那是烙印在無數行路人的心版上的，那是以後若干開路者尊奉為楷模；而歷史會保存他的風貌的。

在前面佈滿障礙時，他率先披荊斬棘，冒險犯難。

在狂風暴雨裡，他安之若素。

在趕工時，他披星戴月，廢寢忘食。

在伙伴沮喪之際，他會顯現信心，露出鼓勵與撫慰的笑容。

他會想盡辦法：逢山開路，遇水搭橋。

他在得意時，可能縱聲大笑；卻絕不會因痛苦而發出呻吟。

他，「自反而縮，雖千萬人吾往矣！」

……

一個英勇的開路者，一個偉大的先驅，在他心力交瘁、精疲力竭之餘，有一天終於撐持不住，而不幸倒下了。回頭看看以往所開闢的大道，再向前望望，還有多長多長的道路需要創建；但是，他已支持不住，他必須永恆地休息了。

已有無數人走在他所建造的大道上。

定有無數人繼續向前開路。

這條大道伸展在人類及民族的歷史裡。
造路者永遠存活在無盡的時空。
前路是無限的悠長……。（77.1.16.聯合報23版）

司徒衛，本名祝豐，江蘇洳皋人，民國十年生，現任文化大學中文系教授。

坐在輪椅上的巨人

◉王邦雄

總統身體不好，我們早就知道了，因為這兩年來，農村鄉土、工廠商場不再有他深入民間訪求民隱的身影。一時之間，讓我們覺得，整個國家似乎失落一個長久以來帶動我們奔向現代化的源頭動力。

每一回看到總統坐在輪椅上，主持重大集會，或者對全國同胞講話，總是有一份傷痛跟感動。在他身上日漸失去的健康，原來都是為國事辛勞積累而成的軌跡啊！

去年，他宣布了兩件突破性的大事：一是解嚴解禁，二是開放大陸探親。前者為民主化運動開出新的氣象，架構新的格局；後者為臺海兩岸的情勢打破了僵局，給出了生機。這兩方面的開放決策，不僅為臺灣地區的民主前程立下了更開闊更遠大的規模，也為未來中國的統一大業，奠定了更堅實更長久的根基。

猶記得當時總統沉重而堅定的兩句話：「我們要對歷史有一個交代，要對當代中國有一個交代。」這樣的決定當然是歷史性的決定，也是對當代中國負起責任的決定，那時我頓時發現坐在輪椅上的總統，實在是一位有遠見、有擔當，挺立人間的當代巨人。

今天，他離開了我們，也留下了他未竟的志業。我們當然悲痛；在往後的日子裡，我們會永遠感念他一生為當代中國所付出的心力，為歷史中國所開創的功業。不過，一切的悲情痛感，都要化為行動和力量，祇有完成他未了的心願，才是我們當前最應該去做的事。

人間世一方面要有「生」的動力，一方面要有「主」的方向。在過往的艱辛歲月裡，生發的動力與主導的方向，由總統一身承擔。今後，我們要共同負起責任，通過「民主」制度來「主」，通過「法治」規範來「生」；讓我們一起來做一次歷史性的集結，來對歷史負責，對當代中國負責。（77. 1. 14. 中央日報8版）

王邦雄，臺灣雲林人，民國三十年生，文化大學文學博士，現任中央大學中文系教授。

一位有魅力的強人

◉王大空

蔣總統的死是一個時代的結束，未來很少可能會再有一個中國人能擁有像他擁有過的威望和權力。

十二月二十五日，中山堂一陣陣「全面改選」的聲浪，多少有些可能惡化了他的病情。

他的貢獻很大，遺愛很多，在這兒的每一個人應該都能感覺得出來。台灣是他最後的「用武之地」，他的許多理想和抱負，都是在這兒完成實現，要不是他，我們走向民主的途程，必會更困難艱辛，是他的遠見和堅持，才輕易地消弭了一些阻擋。

他的死是一個很大很大的損失，但是因為他病得很久，噩耗傳來，對很多人說，雖不是震撼，卻是沒有淚痕的深刻悲傷。

我在中廣當記者的時候，曾在很多場合採訪他，也曾有很多觀照他待人處事的機會，他是一個有魅力的強人，從容而不慌亂，有思想、肯努力，在每一分鐘時光裡，鍥而不捨的奔向目標，他對青年的期許最大，給他們的鼓勵最多。

他留下許多棒子，希望每一個接到棒子的人，都能有有力的手臂，然後用有力的手臂，朝著理想，揮出一支支強棒。（77. 1. 15.民生報18版）

王大空，江蘇泰興人，民國九年生，美西拉寇斯大學研究，臺灣電視公司顧問、國語日報副總編輯、輔仁大學兼任教授。

一位劃時代的偉人

◉吳詠九

「一個晴天霹靂！一個晴天霹靂！」

一月十三日這一天，是連綿的丁卯歲尾霪雨難得放晴的一天，大家頓時感到身體內的細胞從沈滯的狀態醒了過來，在工作與生活上都起了些勁，尤其老年人的酸痛身子骨不疼痛了，我個人也不例外，及時跟內子在家勞動起來，趁著有和暖的陽光把衣、被拿到頂層露台曝曬，又徹底打掃、整理房子內部一番，忙了一整天，雖然很累，但是還能承受，頗有老而彌堅的欣慰感。

可是，就在屋宇整潔、身心舒暢的情形下，我們坐在晚間清靜的客廳沙發上，全神觀賞一齣連續劇時，正被糾結的劇情牽著感情走而脫離了現實之際，螢光幕上突然出現了插播新聞的畫面，播報員身後的背景是蔣總統經國先生的照片……。

這是一個我從未感受過的晴天霹靂！我只覺身子完全脫了力，癱靠在沙發上，心中一直在對自己說：「不、不，不成、不成，這不是真的……」兩眼早已淚水模糊了。

但是事實終歸是事實，我們最敬愛、最欽佩，一身肩負復興民族建設國家空前重責大任的蔣總統經國先生，終於積勞成瘁，在三民主義統一中國大業正有非常的開展時，拋下這一代跟他老人家同甘共苦了卅多年的炎黃子孫，去了！

這是所有中國人都不願與不能接受的冷酷事實！

就跟十二多年前　蔣公仙逝時的情形一樣，是所有有著炎黃冑裔血統的這一代中國人，所不願，且不能接受的事實！

蔣公離開了我們的這十二年多的時間，幸賴經國先生睿智英明、堅毅沈著的領導，把我們面臨到的種種艱難、驚險、崎嶇、複雜的內、外困境，一一化解、完全平復，安然度過；不但如此，而且在克服萬難之後，更進一步開創了新的契機，使國家的各種建設，不斷高速成長，儲備了厚實國力，足堪迎接此後的一切挑戰。他老人家替中華民族寫下的歷史新頁，自必垂諸不朽。

歷史告訴我們，劃時代的偉業，必須劃時代的偉人來創建。一個時代有一個時代不同的面貌，也得要有配合時代潮流的不世出偉人，始克砥柱中流、迴挽狂瀾，福國利民，而奠定國族生命千秋萬世永垂無疆之庥的牢固基礎。

經國先生正是這樣一位劃時代的偉人！在我們邁向三民主義統一中國的偉大革命事業的過程中，是絕對不能沒有他來領導的。他這一走，無疑是一個使人難以承受的晴天霹靂！

然而，從他老人家繼　蔣公之後帶領我們實踐建國復國大業的十二多年的進程中，使我們體認了毅力的價值，實證了勇氣的功用，我們一個個都感染了他老人家的氣質與作風，因而他老人家未竟之志的完成，只要我們立下決心，繼志承烈，絕不保留的奉獻出我們所有的心智與血汗，就能衝過一切驚濤駭浪，使中華民族前所未有的中興大業，在最短期間，迅底於成，以慰　蔣公和他老人家在天之靈！（77.1.15.青年日報10版）

吳詠九，廣東番禺人，民國九年，上海震旦大學政治經濟系畢業，專事寫作。

火焰人生（外二章）

敬悼 蔣故總統經國先生

◉司馬中原

抗戰末期，我在劫後廢墟中撿到一本薄薄的書，書名「火燄的人生」，下署「蔣經國題」，裡面有經國先生寫的文章，主要是悼念一位革命夥伴的辭世，那篇文章用字平易，真情流露，灼照人心，他形容那位夥伴國爾忘家的情操志節，真如熊熊的火燄，我讀了那篇感人的文章，受到極深的鼓舞，在當時，也祇是心儀而已，並沒有想到，有一天會識得這位滿腔熱血的革命者。

民國卅九年春季，我在南部陸軍基地，聽過他的演講，他以心腑俱現的言辭，痛陳革命遭遇挫折的因由，滾滾如濤，使許多戰士們都感受到那種發自他生命的、火燄的溫炙，他講奉獻、講犧牲，句句都打入我們的心坎，當時我們也知道，大陸局勢逆轉時期，他歷萬險，破萬難的經歷，革命的價值觀使他成為無畏的勇者。

民國五十四年，我獲得全國第一屆青年文藝獎，蒙他在救國團團總部接見，親切的相談半個下午，我特別提起「火燄的人生」那本書，並且還記得那裡面的感懷詩：「十載離鄉此日還，江浮月色霧浮山……。」他點著頭，用回憶的聲音，說起那革命夥伴的一些往事，並且說：「祇要我們無私的為革命奉獻，我們終會回到故鄉去的。」

後來我屢次見到他，總是親切的、隨意的談天，大多是關於文學藝術方面的事，他非常關心青年的寫作，關心文學宏化的功能。他的態度真摯，言語簡樸，全無客套，一字一句，都有火燄般的情感。民國六十五年，輔導會議時，他以老主委的身分回到大家庭裡來，我有機會與老主委同席，談了些開山闢路，和建設方面的話題，他說：「我們凡事都要實實在在的做就好。」

隨著時間的輾轉，他做部長、副院長、院長、總統職務儘管改變，但實實在在的做，並無改變，他上山、下海，跑前線，訪農村，以他生命的火燄，光照了無數人群。在十一全會上，他說過：「我們都是革命的兵，每個人都應該做好要做的，準備迎接未來更大的責任，更重要的使命。」

對於一位為歷史負責，反抗暴力，把中華民國導向民主憲政的人，對於一位為國家鞠躬盡瘁死而後已的人，聞得他的崩逝，我有著衷心的敬仰和深沉的悲傷，他不僅是一位篤實踐履的政治家，他革命的情懷皎如日月，他生命的火燄將永在繼起者心中續燃，煥發出巨大的力能。

這就是另一種永生的詮釋。　先生，願您安息。

七十六年元月十三日淚筆

（77.1.15.青年日報10版）

深沈的悼念

經國先生突然辭世的消息，還是記者在十三日晚八時電告的，在他生前，一直以一個革命的兵士自居，實實在在做他該做的事，不管這許多年來，他的職務有多大的變動，做人的原則和革命的目標，始終如一，除了早期的演講之外，他平常說話，總是那樣緩慢、慎重、親切坦誠、語言平實，顯示出他豁達豪邁的一面，也顯示出他恬淡謙沖的一面，他贏得青年們衷心的敬仰，完全是基於他的人生價值觀和革命的責任，彼此志同道合的自然結合。

我們可以綜觀他的一生行誼，面對摧殘文化的暴力時，他是義無反顧的勇者，在所有激戰的第一線，在彈落如雨的危險之中，他談笑自若，他曾回憶一次他乘飛機，在雷州半島附近上空，蒙受敵人激烈炮火，機身破了個大洞，機上乘員，均九死一生，他說：「當時感到，人總會死的，我當自己那時已經死了，如今，用撿得的一條命，繼續貢獻給革命事業，還有什麼好怕的呢？」在國軍中，許多和他同在前線共過患難生死的宿將，都可證實他的大勇無畏的精神。在面對民眾時，他是一個仁者，年輕時代他曾經受過飢寒艱苦的熬煉，當然理解民生疾苦，即使在秉政之前，他一直都生活在廣大群眾當中，解衣推食的事蹟，更為眾多的民眾和戰士樂道。在領導國家穿過風雨的過程，大方針的確立，大原則的掌握，他又是個智者，他的莊敬堅毅，超乎常人，國家推行民主憲政，能走到今天這樣的局面，得力於他的涵容處甚多，他絕不計較別人的汙衊攻訐，以他一生的行為表明了他的誠懇，比諸一味爭攘之士，尤能見出他的雍容格局來。

有一次，我去福壽山農場，見到曾跟隨經國先生探勘橫貫公路的宋場長，他對我們提起，當年經國先生率領隨員，一起跋涉在萬山叢中，走到武陵附近，中午休息用餐，卻遇到一群刁蠻的野猴，隨員中有人投以石塊，群猴便以野果回擲，打得人無法闔眼，經國先生笑著告訴大家：「猴子本是野性，由牠嬉鬧，不要理會牠們，就沒事了。」他對野猴都不計較，怎會計較人的血氣短淺。

我數度訪問過棲蘭山，先總統　蔣公行館，那是一棟小小木屋，陳設簡單，幾近傖寒，管理的老兵告訴我，經國先生每次來這裡居住一兩天，他都不睡床榻，而在　蔣公的榻前打地舖，觀他「梅台思親」之文，可見他在骨肉親情之外，對革命領袖的景仰與尊重，拋卻他在政、軍、經的領導和建設上的大事不談，單從這一鱗半爪的瑣細之處，足可見出他為人的風範。

我閒散半生，既不從公也不從政，祇覺經國先生是可以共「心」的至人，他這一生如熊熊的火焰，有多少熱就發多少熱，有多少光就發多少光，舉目當世，這樣的人物不說絕無僅有，祇怕已稀如鳳毛麟角了，我焉得不悲，焉得不悼！

七十七年元月十四日　台北市

（77.1.16.民生報18版）

萬世千秋

經國先生，這些日子，您靜靜的躺在忠烈祠靈堂中，接受全國民眾的瞻仰，每個人都有著極深的緬念感懷，有著萬分難捨的痛傷。記得您曾經說過這樣的話：「一個人的生命，決不是限於有形的短短幾十年，而是可以寄託於國家民族之中，永遠存在於千秋萬世的。」您一向是大公無私、以身作則的人，在整個民族十億同胞的眼前，以崇高光潔的一生，驗證了您的信仰，在從古到今的樞紐人物中，您給予全體國民一個最完整的公僕的形象，您曾經說過：「一般從政者，往往不懂當公僕的道理，反而將自己當作主人，這是政治不上軌道的主因。」這對若干世代中國的政治景狀而言，可說是一語中的。實在說，一任又一任的總統並沒有什麼，而一個表裡如一的偉大公僕的誕生，以一生的犧牲奉獻，使我們感覺中的堯天舜日，重現於危疑震撼之中，這卻是民族歷史上的大事。您不但以您的精神理念樞紐了這個時代，更以您的胸懷志節，為多難的中華民族，鑄造出新的國魂。

我稚齡時期，曾為年畫紙上畫出的帝堯親民圖感動過，看到舜帝牽著象、躬耕於野，和田畝間的農民閒話桑麻，不禁感動的流淚；而大禹治水，開拓洪濛，三過家門而不入的精神，使我生而得為中華子民感到驕傲，天下為公的理想，鼓湧在生命的脈流之中，但那畢竟是太遙遠了，通過往後的歷史現實，使它幾乎變成遙不可及的夢景。

而您，經國先生，一個深入民間的、穿舊夾克的總統，一個道道地地的公僕，不僅是在台灣，而是我們全體中國的驕傲，在民主憲政體制中，我們多麼盼望主政的人都像您這個樣子，為全民而生，也為全民而死，您說過：「為了創造新的生命和新的時代，你自己本身首先就得變成一個新生命的種子。」是的，您就是那個新生命的種子，把您的精神和理想，播在後起的生命之中，它自會開花結果，使我中華民族新的時代早日來臨。

您是個嫉惡如仇的人，曾直陳當前社會的大病：「講面子、拉關係、爭權利、奪地位、排擠、攻擊、毀謗、挑撥、唯我獨尊、非我不可、不分敵我、不論是非、滿口咒罵、用舌頭弄詭詐……天下難道再有比這更為痛心、更為可恥的事嗎？」願您臨終前吐湧的鮮血，能激發出這類人最後一點良知，您的血便也有了代價。在您奉厝前夕，我們自會記取這些，記取您的寬容和以三民主義統一中國的宏願，願您安息成一座使國族萬世仰望的青山。

七十七年元月廿七日　台北市

（77. 1. 29. 青年日報21版）

司馬中原，本名吳延玫，南京市人，民國二十二年生，現任青年寫作協會值年常務理事。

悼經國先生

◉柏楊

當總統蔣經國先生逝世消息傳出時，我感到很大震驚。

四〇年代前後，我認為政治民主、社會層面多元化是全國人民獲致福祉的主要動力，我曾經當過蔣經國先生的部屬，在工作上，他是我的直屬長官，我強烈相信他會帶領國家走出險灘，也強烈相信他有接納一個知識份子對腐敗官僚體制，和對社會黑暗作不平鳴的胸襟，然而，我錯估那種沒有制衡的權力所造成的形勢，也或許是，雙方都還沒有成熟。結果，我付出代價，被捕入獄。

然而，八〇年代以來，台灣經濟迅速成長，尤其最近兩年，政治改革加緊腳步，至少有三項重大突破：一是解除戒嚴，一是容忍反對勢力組黨，一是開放前往大陸探親。突破外在的防線易，突破自己的成長難，蔣經國先生毅然做到，他有這種見解、這種勇氣、這種氣度，說明他的傑出。中國歷史上政治領袖群中，很難找到像蔣經國先生這樣，終極歸於英明的例證。蓋棺論定，我對蔣經國先生，是肯定的。

當前任總統蔣中正先生逝世時，政府為了哀悼，全國囚犯曾獲得減刑，我願政府在哀悼蔣經國先生時，能完全釋放仍在獄中所剩寥寥無幾的政治犯。而且盼望，因政治理念不同而入獄的現象，從此永成陳跡。

蔣經國先生的逝世，以及他在政治上的開明措施，都在莊嚴的顯示：把國家命運交給一個人、或一個家庭，甚至一個黨的時代，已經結束。我們應完成蔣經國先生留下來的民主開放心願，繼任總統的李登輝先生，所負的責任將更沈重。

今天，是一個悲傷的日子，也是一個盼望的日子。我們衷心的祝福蔣經國先生在天之靈，更祝福我們全民珍惜現在這種前所未有的經濟的、政治的、以及文化的成果。

一九八八年元月十三日晚十一時

（77.1.15.中國時報18版）

柏　楊，本名郭衣洞，河南省開封人，民國九年生，東北大學畢業，專事寫作。

燃燒的冰雪

◉顏元叔

民國七十七年一月十三日下午六時許，我上完學期最後一節「彌爾頓」，走出文學院。空氣異常清明，天上的星星晶晶發亮。我駐足抬頭觀望，這種景象是臺北少有的。西北角天上，另有一顆星，特別大，特別亮，簡直像在燃燒，像一團冰雪在燃燒。真是奇景！我呆看了許久，我的一位學生出來了，我指給她看：「那顆星好亮啊。」她說：「啊，真亮！那是什麼星？」我說：「也許是金星。」在黃昏中，我步行回家，邊走我邊抬頭仰觀這顆星，真像一團燃燒的冰雪。

吃過晚飯，陪妻去針灸。坐在醫師家的客廳等著，電視開著，好像在演連續劇。我鬆懈懶散地坐著，沒有注意看電視。是妻首先說：「呃，看，蔣總統好像……」我機警地將目光收聚在電視上，螢光幕映著：「蔣總統於今日下午崩逝！」

這消息像一股冷水，直沖過來。我原來像生活在溫水裡，這下周身的水溫頓降；涼水一直涼進胸腔。心頭沒有絞痛，也沒有一兩下的停跳，但覺得有一灘涼水，在心頭積漬。　經國先生死了。他活著的時候，我們心上是溫溫的——或者沒有溫度感——他死了，胸膛裡有著颼颼的涼意。

為什麼那麼巧合？當年，老總統　蔣公去世的那天晚上，我課讀至子夜，突然氣溫驟冷，急風驟發；早起打開報紙猝然見到他老人家的死訊。這次　經國先生的逝世，又是巧合：難得清明的臺北天空，那晚就是那麼清明；而那顆星真亮，真像一團冰雪在燃燒。人家儘可說我在影射迷信或神話，但是這種現象記錄在我的感官下，絕非幻覺。這種巧合必須記錄下來，傳之後人，讓後人以更科學的頭腦去解說。

已經死去父母的我，應該不會再為別人的死亡哭泣。但是，經國先生之死，時而令我有盈眶的熱淚，我把它強忍回去——五十五歲的人，不能像孩子一般哭泣。經國先生之死，近幾個月天天逼近。去年雙十節，他坐在輪椅上，雙手還可以向群眾揮動；今年元旦總統府團拜，他的兩隻手垂在扶手上，始終沒有蠕動。這惡化的速度太快了。當時，我祝禱他能多活一年、兩年，待他把剛剛啟動的另一連串大行動，做成定局，那時再撒手吧。然而，天不從人願，他竟然死在「壯志未成」之前！不過，一個偉人究竟什麼時候死，才算死得合時?! 國父還不是死得「太早」！ 蔣公又何嘗不是死得「太早」！經國先生也是死得「太早」，雖然他也年逾古稀。原因是這些挑著國家民族擔子的人，要走的路永遠走不完；在任何時候放下擔子，都會讓人覺得他們還有未竟的途程。

經國先生有生之年，總是以平凡人自居，但是他做的是不平凡的事業。假使他是平凡人，只能說他了解平凡人的喜怒哀樂；他減輕平凡人的痛苦，努力增進平凡人的幸福。他為平凡人的未來預作規劃，要讓平凡人能好好地活下去，抬頭挺胸地活下去。所以，他一面建設現在，一面預籌未來；而在這兩方面，他的恩澤，我們以身受為見證——甚至遼遠的旁觀者也大聲說出客觀的肯定。

無疑的，中華民族即將邁入一個偉大的時代。 蔣公和 經國先生率領著我們戮力四十年的經營，已使臺灣變成中華民族復興的楷模與催化；十億雙奮勉的腳步將循著他們指示出的方向疾進，去追求，去實現一百五十年來全民族共同夢想著的理想。能為全民復興立楷模，定方向， 經國先生雖自稱平凡，實是民族偉人；能如是， 經國先生雖已退入歷史，卻仍照引全中國人——像那顆冰雪一般燃燒的金星——走向屬於中國的二十一世紀。（77. 1. 30. 中央日報19版）

顏元叔，湖南茶陵人，民國二十二年生，美國威斯康辛大學英美文學博士，臺灣大學外文系教授。

燃燒的蠟燭

◉王玉佩

總統走了！這幾天以來，我一直在思索一個問題——人活著為什麼？生命的價值是什麼？生存下去、奮鬥不懈的目的又是什麼？

「鞠躬盡瘁，死而後已」——這是我們敬愛的領袖經國先生，在他有生之年，一直好似一支正在燃燒的蠟燭，為苦難的中國不斷燃放光芒，引導我們在黑暗中前進，如今這支巨燭終於燃盡他最後的光與熱，完成了他生命艱苦的樂章。

如果每個人生下來就應有他自己生命的責任，我想總統的責任未免也太沉重了。連臨終病危前一天，他竟還到總統府辦公，這樣的總統，今後到那裡去找啊？

千萬個感念，徒增更多的哀傷、無奈。天啊！如果他老人家再多活十幾年……。（77.1.23.台灣新聞報12版）

王玉佩，山東人，民國四十二年生，中興大學畢業，現任正修工專講師。

鞠躬盡瘁

——悼念蔣總統經國先生

◉華　嚴

蔣總統經國先生身體不好，力疾從公，是大家都知道的事，愛中華民國，愛台灣的人，心裡曾擔憂著一件事：國家前途多艱，如果有一天老人家離開我們，我們該怎麼辦?!好幾次出國，遇到別有心機或幸災樂禍的人，他們對我說：你們在台灣的人好夢不長，蔣總統病況嚴重，一旦他離去，台灣成個你爭我奪的爛攤子，聰明有遠見的人，及早準備逃離為上。

老實說，早在多少年前，我心裡也有一份隱憂，但儘管內心不安，向來沒想到「及早逃離」。因為台灣是我們的家，世上沒有一個地方比家更好。日子一天天的過去，台灣一天天的更茁壯、更繁榮，海峽兩岸分居兩處的中國人，所過的日子差距越拉越大。照說彼方擁有若干條件比我們強，但我們具有什麼神蹟，使我們如今成為令全世界眼紅的經濟大國?自然，我們有了信心，在人前也不再畏縮低頭，來自台灣的人各方面都令人稱羨，這是什麼人的賜與?什麼人使「可憐的中國人」有了揚眉吐氣的機會?

蔣總統在逝世的前一天還到總統府辦公，他的眼睛已不大能夠看得見，一雙腿也已不能走路，但他坐著輪椅參加所有重要的集會，他高舉著微顫而腫脹的雙手，費力地揚著沙啞的嗓音，目的是安慰我們，勸導我們，他已經把繁榮和安康帶給我們，還希望我們了解並珍惜這一切。

十三日下午我聽到噩耗，止不住眼淚盈眶，即使我不是一個中國人，也會為這一位民族偉人而下淚。

他的字典裡沒有小我，任何人生了病都有休養的權利，但是他也沒有，他把一切都給了我們，鞠躬盡瘁，死而後已。

我的淚使我的視線模糊，相信所有的中國人這時只有一條心：懷念他，並聽從他的指點擁護李總統登輝先生。登輝先生愛國愛民，謙沖睿智，是不可多得的領袖人物，也是一位大學者。我們唯有以赤誠的心追隨他的領導，才得見國家繼續航向光明的前程。（77.1.17.中央日報8版，作者略有增刪）

華　嚴，本名嚴停雲，福建林森人，民國十五年生，上海聖約翰大學文學士，專事寫作。

辛勞

◉ 張騰蛟

他挑扛了數十年的千斤重擔終於卸了下來；可是，臨走時所懷著的牽掛還是很重的。多麼辛勞的一生啊！

1

不用說早期的那一段了，光是在這塊土地上的三四十年之間，他那雙肩上所挑扛的，就夠沉重的了。

他，曾經挑扛過教育官兵呵護官兵的擔子，曾經挑扛過冶鍊青年訓育青年的擔子，曾經挑扛過照顧解甲戰士如何安度晚年的擔子，曾經挑扛過闢劃國防鞏固國防的擔子；也曾經挑扛過，國家大政方針的擔子；最近的這些年歲裡所挑扛的，則是兩千萬人的福祉與命運，十億人的希望和信心，以及，未來歷史的N頓重負。

這些擔子，沒有一個不重的，何況，有的時候還擔上加擔重上加重呢！要是肩頭太窄或是軀體太弱，怎能負荷，而他，卻未曾間斷未曾休停的，一路挑扛了下來。為這塊土地挑來了幸運；為千萬眾民挑來了福祉。而他，也未曾在意肩紅肩痠、肩痛肩苦。他知道，肩負重擔是天生的事。

這塊土地上，能挑善扛的人多著呢，有誰像他，挑得那樣多，挑得那樣重，挑得那樣辛苦。尤其是近十幾年來，風雨不斷，陰暗不斷、宵小盜跖不斷，在這種情況之下挑擔前行，是多麼的辛苦，多麼的驚險，多麼的不易啊！

2

在這漫長的歲月中，我們總是看到，他的步履未歇，他的訪視未停，即使腿痠體疲，也仍然不停的舉步。

我們曾經看到他，兵士一般的，出現在戰地上；農夫一般的，出現在田野裡；獵者一般的，出現在山林間；探險者一般的，出現在離島上。當然，也看到他，庶民百姓一般的，出現在一些名聲默默的小村小莊小巷小弄中。我們的這片土地上，幾乎，那裡他都去過，那裡都留有他的腳印。

看得出來的是，他，並不是隨便的走走就算了，他要走出一些意義來，走出一些道理來，走出一些福祉來。因此，他走過一個地方，這個地方就多了一些話語；去過一個地方，這個地方就多了一些笑聲；走過一個地方，這個地方就多了一些生機；走過一個地方，這個地方就多了一些感念。他那匆匆的步履啊！一移一挪或是一落一踏，都具有一些意義，都埋著一些因由，都飽蘊著一份深厚的感情和愛心，以及一份濃濃的歷史感。

3

這樣的一位人物，必然是一位勇者。十數載的異域磨鍊，數十年的公務生涯，艱險危難總是不離其左右，有的是橫擋，有的是豎阻，有的則是陰陰謀謀的在暗算，而他，也就機智而泰然的，斬艱制險，擒驅危難，讓他崎嶇坎坷的生命大道，成為一條寬寬闊闊的勝利之路。

我們曾經在許多的傳說裡，在許多的讚譽裡，以及，在許多的媒體上，看到他攀登陡峭的崖壁，看到他險渡高齡的危橋，看到他跋涉在浪濤洶湧的急流，看到他投宿在荒涼的山野。當然，我們也看到他急急的奔赴在滴水難求的山道上，看到他匆匆的出現在荊棘叢生的山林裡，凡此種種，豈是我們這些常人所能辦得到的！而他，卻勇於這樣，也慣於這樣。他知道，面對艱險與危難，也是天生的事。

在他那許許多多的勇敢行誼裡，最讓我們敬佩，最讓我們感動的，莫過於在砲擊隆隆的時候進出戰地了。我們看到，頭上戴著野戰鋼盔，身上穿著野戰夾克，即使是砲擊在左或是炸聲在右，或者是颼颼的砲彈在半空裡爆裂，他都不去理會；他理會的，是整個的戰況戰局，是執戈弟兄們的一切。因此，不論戰情多麼緊急多麼劇烈，只要經他親臨，就會變個樣子。而弟兄們的心情，也會為之一振，好像是，他與每一個弟兄之間，有一條什麼牽連著。

他好像曾經說過，那裡有危險，他就願意到那裡去，是的，幾十年來，他都在這樣做，而且，做得感人。

4

這樣的一位人物，必然也是一位遠見者，他會回顧歷史，可是，更會前瞻未來，他前瞻未來的五年、十年、五十年、一百年，或者是遙遙遠遠的千秋萬世。

正因為如此，我們的國家才有許許多多劃時代的大政方針相繼推出，才有許許多多令人驚訝的成果連連誕生，它們是政治的、經濟的、教育的、文化的，以及工農、以及科技、以及其他的等等。有了它們，我們才可以無虞衣食之外又求精求美求昇華；有了它們，我們才可以過另一種生活，過另一種日子。以上諸事，都是靠他的遠見而來的，即以當時那神話一般的十大建設來說罷，要是那個時候沒有做，今天，我們乘坐火車去高雄，可能要一天的時間；如果搭乘汽車去臺中，在窄窄的縱貫道上也許要踽行一日。至於大機場、大鋼廠、大碼頭等等所帶來的方便和利益，那就更不用說了。還有那石化工業和核能工程，也莫不是為長遠福祉而設計的。

而他那更高明的遠見，則是出現在近幾年裡。他已經看得極為清楚，今後的人類將要望著什麼方向走去，於米穀菜蔬雞鴨魚肉之外，還要吃些什麼享受些什麼。因此，一些從來就沒有過的這作為那措施，便一個個一樣樣的推到眾民的面前，一如當年次第推動的各項建設。

就因為這樣，我們的景況才日新又新，我們的財富才不斷的纍升。那雙可以穿視時空的高貴的眼睛啊！那雙推動進步的有力的手啊！多麼的令人崇敬。

5

當然，對於這樣的一位人物，上面的這些數述並不能說明他的一切，因為我們知道，他所擁有和具備的並不只這些，除此之外，像是他的智慧和魄力，他的仁心和孝行，以及，他那強烈的民主觀念和民本思想，都是常人所不能及的。他的這許多操持與修養，志節與抱負，便成為他領袖群倫的動力，也成為他被崇敬的因素，因此，他的遽然離去，會讓所有生活在這塊土地上的眾民，以及寰宇之內與他相關的人，有一種閃棄的感覺，有一種痛擊的感覺，也有一種不能接受的感覺。基於這個原因，自不幸的消息傳出之後，以迄今日，多少人哭瘦了鼻子，多少人紅腫了眼睛，多少人跪痛了雙膝，多少人沙啞了聲音；多少人啊！為之肝摧肺裂，為之心頭滴血。因此，不論是石牌還是大直，不論是大溪鎮還是福安里，甚至每一個城城市市鄉鄉莊莊，都有哀傷的人群，都有敬悼的人陣，真個是野祭巷哭啊！

至於，大家為什麼這般的哀慟這般的傷神呢！自然是，因為他對這塊土地付出的太多了，他對這個時代犧牲得太大了，他對這裡的人們所端奉出來的恩澤太厚了；因此，不論是淚水還是哭聲，不論是心慟還是憂容，都是本能的反應。

6

如今，他挑扛了五十多年的千斤重擔終於卸了下來，可是，臨走時所懷著的牽掛還是很重的；多麼辛勞的一生啊！（77.1.30.台灣新生報23版）

張騰蛟，山東人，民國十九年生，現任職於行政院新聞局出版處。

他挑著苦難過一生

◉任 眞

元月十三日，我在高勤室執行任務，當五時卅分從電話中得悉總統經國先生崩殂的消息時，我不相信這是事實，我以為蒼天即使不仁，因為他愛國家愛民族愛同胞，也不會離開我們。以後，電視新聞陸續報導經國先生崩逝的消息，我不得不相信這位挑著國家苦難一生的元首，已經走完他最後一段人生旅程離開了我們。

總統經國先生崩逝已經五天了，這五天來，我與全國同胞一樣，沉落在悲哀的痛苦裡，在精神上，我失去了依恃，在心理上，我失去了力量，每當瞻仰他的遺容時，眼淚就不由濟濟而下。

蒼天不仁，為什麼奪去我們的元首和大家長？

檢視中華民國歷史， 國父推翻滿清，建立民國；先總統 蔣公東征北伐，統一中國，贏得抗戰勝利；總統經國先生追隨 蔣公，既要作忠誠正直的公務員，作有公無私的中國國民黨員，犧牲奉獻、置生死於度外的革命同志，又要作孝子，他對領袖忠誠貞固，唯命是從；對父親純孝篤摯，無私無我；對革命志業終始如一；對主義躬行踐履，徹底奉行。他一生以領袖的命令為命令，以領袖的志業為志業，以革命事業為事業，以國家富強、人民幸福、民主憲政為終生奮鬥的目標。那兒有危險，他去那兒，那兒有砲火，他去那兒，那兒有人民，他去那兒。他是我們的夥伴，是我們的朋友，是我們的革命同志，是我們的保母。先總統　蔣公在世之日，他以兒子、中國國民黨黨員和三民主義信徒的三重身分，奔走勞苦，席不暇暖。他肩負的苦難，忍受的煎熬，內心沉重的壓力，那裡是我們所能瞭解。先總統　蔣公崩殂後，他繼任元首，更把國家的苦難一肩挑。只要國家富強，民族壯大，人民安康幸福，民主憲政恢宏發展，敵人打擊他，盟邦背叛他，臺獨陰謀份子誣衊他，為個人政治利益而泯滅人性的政客侮辱他，他都不計較，他坦胸寬懷接納一切，涵容一切，他一心只要大家好，他念茲在茲的以精誠團結為重，以三民主義統一中國，讓大陸同胞同享富康幸福的日子為念。今日，我們這種自來中華歷史以來未曾有過的富康生活，是誰為我們開創的？那就是先總統　蔣公奠下的基礎，故總統經國先生以高矚遠瞻的眼光，英明睿智的果斷措施，排除萬難，開創出來的經濟奇蹟。懷恩感德之餘，我們能不為一代偉人離我們而去愴然落淚？

經國先生一生平淡、平實、平凡，所以他贏得全國民眾的一致愛戴，他的精神、音容笑貌、志業，永遠與我們同在。他忠於國家、忠於主義、忠於民族、忠於領袖、仁民而又愛物，他是中國固有道德的具體表現。

今天，他走了，我們後死者惟一報答他的就是完成他的遺志，在他志業光輝照耀之下，忠誠履行他的遺囑，為國家民族開創更光明、幸福的未來。（77.1.29.青年日報21版）

任　眞，本名侯人俊，湖南攸縣人，民國十九年生，國防醫學院軍醫初、高級班畢業，專事寫作。

人民的好友

◉臧冠華

我從來沒有親近過蔣故總統經國先生，但隨時隨地，總覺得蔣故總統跟我們在一起，他不是在萬人之上，而是在萬民之中。我們回憶蔣故總統的一生，一直就圍繞著國家人民在奔波辛勞，他無時無刻不在為國家前途而操心，無時無刻不在為人民福祉而繫念；像這樣憂國憂民的偉大領袖，突然的離開我們，叫我們怎麼能接受這一事實呢？

從民國二十八年出任江西贛南行政督察專員，銳意革新，嚴厲整飭吏治，懲罰貪污，對當時地方惡霸更是無畏無懼，從二十八年到三十三年，長時建設新贛南，終於一掃贛南政治、地方勢力的黑暗與陰霾，獲得贛南老百姓贈送「蔣青天」的雅號。

民國三十七年大陸經濟受中共的擾亂，人心惶惶，經國先生當時出任上海經濟管制督導員助理，展開對中共經濟作戰，整頓上海經濟，無畏無懼的在上海「打老虎」。從「蔣青天」到「打老虎」，經國先生已經在全國青年人心目中留下深刻的印象，也是青年朋友們最崇敬的偉大偶像。

經國先生的作為，給國家打開一片光明，給青年人開闢一條舒坦大道，在學校裡同學們，都覺得陰暗的國土有了陽光，經國先生便是我們中華民國的新希望。雖然自民國三十八年局勢逆轉，大陸沈淪，但經國先生始終高舉自由火炬，給中國人帶來無限希望。

四十七年八二三砲戰期間，中共以其毀滅性的砲火，準備一舉攻佔金門，但我國軍愈戰愈勇，經國先生於砲火中奔波，鼓舞士氣，安定軍心，不顧自身的安危，與官兵生活在一起，戰鬥在一起，終於獲得轉危為安，消滅了中共攻佔金門的野心。

經國先生不僅是青年的導師，也是榮民的家長，更是人民的好友；民國四十一年擔任救國團主任時，他經常跟青年朋友們上山下海，青山綠水之間，留下了經國先生與青年們的笑容與歡樂之聲音。團結青年，教育青年，結合了時代青年，為國奮鬥。四十五年出任行政院國軍退除役官兵輔導委員會主任委員時，一直與退除役官兵生活在一起，深切了解退除役官兵的疾苦，和退除役官兵開闢了橫貫公路，參與國家各項重大建設，與榮民建立了血肉相連的關係，照顧榮民無微不至，深受榮民的愛戴，最近經國先生談到榮民，曾說：「只要我有一碗飯吃，我一定先給他們吃。」聽了經國先生這一句肺腑之言，榮民們無不感動得潸然淚下。

有關於蔣故總統經國先生十一個民間朋友，他們分散在台灣各地，從事各種不同的行業，是經國先生多年來從平地到高山，從海濱到礦坑，從鄉村到城鎮探求民情所認識的朋友。真可說情同手足，義薄雲天，事實上，他的朋友，又何止十一個呢？我們中華民國十億人口，個個都是經國先生的好朋友。

經國先生最偉大睿智的地方，他對人民有交代，對歷史更負責。經國先生有了一連串歷史性決定，如七十六年七月十五日宣布解除戒嚴令，使國家一切依憲法運作，解嚴之後又明示開放黨禁、報禁，十一月又宣布「開放大陸探親政策」，這些重要決定，都關係著國家民族的未來命運，經國先生在他睿智英明的裁決之下，都能一一完成，在他規劃藍圖中，三民主義統一中國的步伐，將一天比一天更接近了。

經國先生的平凡、親切、自然、勤政愛民的事實，實在很多，偏偏在我們國家人民正需要他時，突然的走了。儘管經國先生走得匆匆，但他卻對歷史有了交待，對海峽兩岸以三民主義統一中國的藍圖，更有了明白的指示，今天我們全國上下，不分黨派、不分老幼，都應該精誠團結，循著經國先生規劃的以三民主義統一中國的藍圖，在現任李總統登輝先生領導之下，奮力不懈，大步向前，早日完成以三民主義統一中國，拯救大陸億萬同胞，以慰經國先生在天之靈。（77.1.17.青年日報16版）

臧冠華，江蘇淮陰人，民國十八年生，國防管理學校高級班畢業，任職於中央文化工作會文藝資料中心。

永垂萬世

◉王書川

我畢生最敬愛的蔣總統經國先生，不幸於元月十三日突然逝世！這個晴天霹靂，來的太突然，使吾人幾乎不能立刻接受這個事實。

他的健康不佳，早為國內外同胞所熟知。去年雙十節前更坐上了輪椅，更使全國同胞所擔心。但是，大家認為以現代的醫術和醫藥，絕對不會使我們賢明領袖，早離開我們。

誰知，他仍然還是離開了我們，而且走得很突然！使我們在心理上毫無準備，能不使人既震驚又迷茫！

經國先生是生於苦難的時代，他與我們這一代的中國人同樣的在苦難中爬過。他從幼年就置身異國，去受那冰天雪地、饑餓勞役的折磨。使他從痛苦的人群中，體驗到人性的善良與醜惡，從專制的體制下，體驗到自由與民主的可貴。從粗糲食物到破鞋破襪，體驗到人生的困苦與滿足。

這一些早年的犧牲與煎熬，卻創造出一個志如鋼鐵，心如菩薩，眼如明鏡，胸如海洋的偉大人格。

從他追隨先總統　蔣公開始，即已逐漸表露出他的卓越與才華。他在嚴父之前，事親至孝，臨事而慎，絲毫不露鋒芒。及至繼任總統之後，不改常態。一身夾克，上山下海，親自指導修水壩，建馬路，擴港口，興農業……使台灣建立下農工商齊頭併進的基礎。

尤其他所指導興建的十大建設，更是騰譽國際。這十項工程，堅實的奠立下今日台灣經濟突飛猛進的根基。

他的一句名言說道：「今天不做，明天就後悔」！

這一句話的力量，勝過十萬工兵。一條高速公路縮短了南北距離，加快了運輸與交流，使工商業迅速起飛。一座桃園機場，給國家帶來了多少的尊嚴與榮譽，和運輸、觀光的便利。一座煉鋼廠、造船廠等都是重工業的根基。一個台中港減少了多少的運輸費用，使中部工商業加速發展。

這十項建設，當時如不著手興建，今日的經濟不知變成什麼樣子？

短視的人還說：「修建高速公路，是供有錢人買轎車行走的」！

今日看來人人都可以開轎車上高速公路，不但縮短了到高雄八小時的路程，變為四小時，並且還節省無法估算的寶貴時間和費用。

現在不但一條高速公路不夠，還要計畫修建第二條，甚至第三條……。

這種高瞻遠矚的眼光、下手快幹的魄力，是誰能比得了？

今日我們由國民所得兩百美元，不多年，一躍而為五千美元，是那一個國家能比得了？

世界上讚譽我們為「經濟奇蹟」，豈是奇蹟，而是有一個奇能異手，在無形有形的領導我們，拉拔我們，使我們從貧窮的泥淖中爬出來，從落後徬徨的環境中提升起來。

今天有許多偏激份子，不辨功過，不分是非，肆意誣衊他。有些失意政客，造謠中傷。有些無聊文人，故意編造故事，捕風捉影，毀損他……。

他穩如佛祖，大度包容；恕如耶穌，寬恕敵人。街頭充滿了不堪入目的書籍，均任其置之，任人選讀，不加取締、不加干預。

顯示出多麼大的度量，多麼大的包容。

我們可以體認到經國先生是大公無私，一切以國家利益為利益，以國家的榮辱為榮辱。不計小怨，不計得失，一個雍容大度的政治家，千年萬世，已經被歷史所肯定。

再以他的親民愛民作風，是任何國家領袖所沒有的。他上山看顧山地同胞、榮民弟兄。入鄉探視農民苦樂；進學校慰勉學生，到工廠嘉勉工人；到金馬親臨前線，與士兵同甘共苦，吃大鍋飯，喝冷開水。與民眾打成一片，與士兵結合在一起。

這種平實作風，絕非一個常人所能及。這種親民愛民的事蹟，到處留下佳話。一般鄉老紳耆，走卒販夫，隨時都有和總統握手的機會，喝過茶，話過家常。人人稱他為「大家長」，實當之無愧。

他在重要會議上，不斷的說：「我們要與民眾永遠在一起」！他知道一個政黨，一個國家，如果脫離了群眾，將會變成一個什麼政黨？什麼國家？他的親和力，從他的基本觀念上，發揮到行動上，使他在平凡中，顯現出偉大，淡泊中顯現出尊貴。

他更可貴的是，擔任總統後，他不准別人稱他為「領袖」！

他謙虛地說：「我們國家只有一個領袖，那就是先總統！」有人向他口呼「萬歲！」他不贊成，他只喜歡聽「總統好！」這三個字。

這種深厚的政治哲學、群眾心理，從淺顯的小地方，就可以看出他的真知灼見。

尤其令人驚服又讚揚的是，當國內外眾說紛紜的揣測，說將來的總統繼任人是誰，或不是誰？經國先生盱衡全局之廣，耳納訊息之快，立即斷然宣布：他自己的家人，絕不繼任總統！

這一宣布，無疑給造謠者，當頭棒喝。從此，好事者噤若寒蟬，無隙可乘。

使海內外十餘億同胞聽了，內心的感佩達到了極點，證明他的睿智卓見也表現得登峰造極。

從此，他建立下中國民主大道的基石，一切依據憲法行事，他不安排接班人，他不預謀掌權者。他在病中，而能安心而去，所憑藉的是一部「憲法」，所依恃的是「民主政治」。

而今，他真的走了，政府依據憲法，由副總統登輝先生，順利宣誓就職，使國家法統絲豪無慮，政府運作，照常行施。

全國軍民在哀慟之餘，各安本位，秩序井然，哀而不慌，悲而不亂。使世界各國刮目相看，使敵人及反對者，目瞪口呆，盼望想像中的亂局，毫無出現。

這種情形植根於經國先生，在經濟自由化，政治民主化上，打下了堅實的基礎。

這個堅實的基礎，是任何風浪無法摧毀，任何變局無法改變。它不但把台灣推舉為中華民族的一座歷史的明燈，就是將來統一中國大陸，也是推向民主富裕康莊大道的根基！

中國五千年歷史傳承的政治體系，在經國先生的手中，溫和而順利的採取了「民主憲政」的改變。這是歷史上的一件大事，千年萬世，歷史家會給他崇高的肯定！

今後，我們這些後繼者，要秉著他的「平凡、平實、平易、平常」的風範，與「和悅、容忍」的治事待人的態度，不分地域，不分黨派，團結在一起，為子孫謀萬代福，為中華民族謀萬世坦途！（77.1.18.青年日報21版）

王書川，山東淄川人，民國八年生，山東洗凡高等學校畢業，陽明山革命實踐研究院研究，專事寫作。

那隻粗大的手

◉劉　枋

驚悉總統經國先生崩逝的惡耗，在佛光山上，我以一個在家凡夫，未能跟隨僧眾到大殿之內誦經哀悼。立在殿外丹墀，聽著鐘磬聲聲，我淚如雨下。這種傷慟，絕無個人的情感，但卻願找出一點非公的理由，用指尖彈著腮邊的淚珠，忽然想起那隻粗大的手。

民國四十四年的夏天，青年救國團以餐會招待當時的一批文藝作家，當時的蔣主任進入會場，先走到每個人面前握手為禮。記不得那天談了些什麼，深印腦海中的是這位在上海「打老虎」的政壇勇士，談吐十分「文藝」；而極不相稱的是他的語音和手掌——那麼胖壯的體魄，那麼柔細的語音；那麼有身份地位的人，那麼粗糙如農夫的手。

第二年的雙十節前，先總統蔣公和夫人都到婦聯總會召開會議，在庭園中和經國先生相遇，沒等到我向他鞠躬敬禮，他先伸手問我：「妳在這裡？」

絕對不敢確定他識得我是那個，但他那誠摯的一握，真是如對老友。粗大的手掌，有力有熱，不似一般高高在上位的人那種僅賜指尖的輕輕一觸。

和總統握過手，是十分榮幸的事，儘管那是他還未任總統時。但，我此時真的是為曾有這份榮幸而哭他嗎？

在一個信佛人的心中，經國先生他放下了千鈞重擔，拋開了萬種憂煩，離濁世而登極樂，該不是可悲的事，可是想到我們多難的國家，想到我們愚癡的萬民，在不能失去他的時候，竟失去了他，乃無法不掩面嚎啕！（77.1.17.臺灣新聞報10版）

劉　枋，山東濟寧人，民國八年生，中國大學化學系畢業，現任職佛光山文教處。

一雙長滿厚繭的手

◉黃文範

宛如青空霹靂，使人心震身顫，我們的總統經國先生遽然就離開我們了，使這個海島上兩千萬的孽子孤臣，十二年中兩度遽遭大故而痛哭失聲。

慈祥親切的笑容，和那一雙長滿了厚繭的沉實大手，抓緊了海上這艘艨艟寶船的舵輪把手，引領著我們，渡過一片片的怒海狂濤，歷經了多少冷嘲熱罵的咆哮風暴，我們顛簸，我們晃盪，我們昏眩，但我們卻有信心，隨著您、信賴您，把國家民族的前途託付給您，終於，我們穩定下來，堅強起來，充實起來，豐足起來，也才能在中國的史頁上，寫下老百姓真正有了富足安和的日子，正當我們為自己的幸福而慶幸時，您卻撒手離開了我們！

這艘船已衝破了橫逆與艱難的風浪，駛進了浩浩無涯的大洋，啊，我們的舵手，您以不憂不懼的勇氣，不移不惑的決心，您用盡了最後一滴力量，引領我們，渡過了艱困凶險的海洋，還有遙遠的一段航程，而您卻放下了我們，卸下多年的沉重責任安息了。

啊！我們的舵手，我們會緊緊地接住您的舵柄，不會懈怠，不敢荒忽，依照您定的航線與羅經向前駛，向前航。（77.1.24.青年日報14版）

黃文範，湖南長沙人，民國十四年，美國防校高級班畢業，現任中央日報副刊組副組長。

大方的手

◉ 丘秀芷

經國先生逝世。十三日晚，當朋友告訴我這消息時，我第一個反應就是：上蒼太不公平了！太不公平了！讓經國先生一生受苦，從沒享受過安寧舒適的日子，就要他離開人間，上蒼太不公平了。

想起一本書上寫的：經國先生在俄國行乞病重時，有數位乞丐朋友圍在他身邊唱歌，詞意是：

「我死了！我死了！
總會有一個人把我埋葬起來，
可是誰也不會曉得我的墳墓在那裡。
到了明年的春天，
祇有黃鶯會飛到我的墳上來，
唱美麗的歌給我聽。
但是唱完了，他又要飛走的。……」

十年前讀到經國先生這段瀕臨生死邊緣的記實，當時就想：這種經歷，古今中外領袖級人物少有的。當時只是敬服，但今天，卻十分悲哀！經國先生真的死了！雖然不是那首俄國歌歌詞裡的情況，但是，想起他年輕時遭遇那麼悲慘，就不禁悲絕，為何，他受的苦難比別人多、比別人深？

雖然，經國先生說過：「只有苦中求甘，才能先苦後甜、苦盡甘來。」

但是，他曾享受過一天的清福嗎？他根本苦累到死。

他民國十四年，年僅十六歲到俄國念書，後來被史達林扣為人質，不放他回國，在俄國做奴工、乞丐、吃人家餐館從排水溝流出的殘羹剩菜。做過清理廁所的工作。

在俄國整整十二年，才得以被允許返國。抵海參威，在中國領事館看到睽違已久的國旗，抱著國旗痛哭。

十六歲出國，二十八歲返國，一生中原最歡樂無憂的金色年華，在異國度過，而且多數日子在飢寒交迫中。

也許，是因為那段非人的生活，淬勵出堅忍的性格。經國先生曾說：

「鮮血是紅的，眼淚是酸的，奮鬥是艱苦而且壯烈的。」

「誰是硬漢？就是他有兩肩膀能擔當所有的責任，他有不屈服的意志可以忍受一切困難痛苦。」

對一切困厄，他不以為苦，以樂觀的心境看現在、看未來。他曾舉例說：

「記得我二十一歲在蘇俄勞動營做工的時候，我的左鄰是一位大學生，右鄰是一位教授。在晚間將睡時，左邊的說：『一天又過去了，距離死的日子又近了一天』，右邊的持反對的說法：『一天又過去了，離我出去享受自由的日子又接近了一天。』」

他也說過：「我雖一無所有，但在心裡應該感到無所不有。」

正因為曾經過「置之死地而後生」，所以一切看淡；正因為曾過奴工、礦夫、廁所清潔員、乞丐的日子，所以他一生喜歡平凡的小吃，結交小生意人為朋友，和學生打成一片，與榮民開拓橫貫公路。非凡的遭遇磨練出平易近人的性格。

我有不少鄰居是江西人，有的還是贛縣人。他們跟我說贛縣原先民風不好，尤其好賭，民國二十八年，經國先生出掌贛南專員，為了扼阻賭風，他夜晚挑餛飩擔子出去賣餛飩，賭客肚子餓了，聽到敲竹板的聲音叫餛飩，經國先生就在送餛飩時抓賭。此外他又實施許多辦法，使贛縣民風轉好，變成模範縣。

這一段，只有贛縣的民眾最清楚，一般報章卻從未提過。這也是經國先生做事原則：

「我們做一件事要算一件事，事無大小，不要求則已，要求就要求徹底。」

正因為如此，才可以把一個地方的惡習氣除掉。他是以平凡的行徑做不凡的事業，民國卅七年的打老虎運動，四十一年成立中國青年反共救國團，四十五年帶榮民拓墾橫貫公路，然後帶三軍、出掌行政院、推行十大建設，任總統。他這一切一切，在於他有個期求：

「要有一雙大方的手，來創造救人救世的大業。」

很多人都知道經國先生用心良苦，他希望帶我們到「國富民安」的境界，希望早日光復大陸。但也有少數偏激人士不識大體，不明白經國先生的苦心，更有野心分子為了一逞私心，而大造謠言，中傷經國先生，以佛頭著糞為快。

這些年，坊間小雜誌小報，侮蔑經國先生的文章處處可見。但經國先生並不以為意。他說過：

「再多的困辱，搖撼不了我們維護公理、伸張正義的嚴正立場。」

他謹記　蔣公跟他說的：「受冤枉的時候，不要辯白。」

他近幾年，一直被那一撮小人辱蔑、謾罵，但他從不辯白，更不會因此辦人。

多數人知道：那些中傷都是歪曲的，都是變態的，也是別有居心的。但是鮮少有良知的知識分子提出駁正，怕被人笑是「歌德派」，不敢向邪惡挑戰。經國先生就一直被這些詖辭邪話所攻擊。

我一直想：總有一天，那些邪惡會終止，讓一生過得非常苦、非常勞累的經國先生，過幾天安寧平靜的好日子。上蒼對他總要公道吧！

但是，沒有！行憲四十周年紀念日上，有幾個政治頑童當面打斷他的話，叫囂著。元月十一日，又有一些不識大體的人鬧遍城中區，一直延伸到台大都交通阻塞。

十二日，經國先生還到總統府辦公。十三日走了！十四日有家報紙形容經國先生走很長很累的路。很多民眾百姓體認：經國先生是鞠躬盡瘁，死而後已。但是他豈僅如此而已？他一生，忍別人所無法忍受的苦，經歷別人所不曾走的崎嶇路，受別人未曾受過的侮辱。他一步步承擔下來，這正因為他曾自我期求：

「要有一雙大方的手，來創造救人救世的大業。」

所以，即使上蒼待他不公，他仍然無怨無尤的做到病逝為止。

經國先生，您不僅有大方的手，更有大方的心！（77.1.17.青年日報16版）

丘秀芷，本名邱淑女，臺北市人，民國廿九年生，世界新專畢業，現任職於行政院新聞局公關。

在大担吃鍋巴

◉蕭　颯

「偉大出於平凡，自然勝於勉強。」這是經國先生在「我的父親」一文中所用的兩句話。固然，這兩句話是用來說明先總統　蔣公思想的崇高以及人格的偉大而寫的，但經國先生一生所表現的平凡、平易、平實的作風，無論做人處事，幾乎無處不是以上面的兩句話作圭臬。

我們知道偉大為偉大，但要體味出平凡就是偉大，卻並不容易，尤其是寓偉大於平凡，就更難能可貴了。

經國先生的遽然崩逝，帶來了舉國的震悼與哀思。總是筆者無緣，沒有面睹過他慈和的丰采，沒有躬聆過他諄諄的教誨，但我早年駐防金門時，卻多次遠遠地看到他戴著軍便帽，穿著棉軍服，親切地和戰士們握手寒暄。

有一則小故事是戍守過金門的戰士所樂道的——

有一次，經國先生到大擔去巡視，後面跟隨的有美軍顧問和許多官員們，經國先生那裡也不去，卻先走進廚房和炊事戰友聊天，炊事戰士正把飯從鍋裡鏟出來，一看到黃橙橙的鍋巴，經國先生抓了一塊就往嘴裡塞，後面的美軍顧問問那是什麼?翻譯人員告訴了他。經國先生又補充一句：

「很營養的啊！」

於是，美軍顧問也抓了一塊往嘴塞，後面的官員們自然也競相仿效，大家都吃得津津有味。

經國先生就是這樣平易、平實與平凡。然而，他的平凡也正是他的偉大所在。

現在，經國先生離我們走了，我所感到難過的，是這麼一位勤政愛民的歷史偉人，生前竟也會有人對他中傷和毀謗，一個政治家和政客的分野，就在他是為個人的福祉？還是為天下人的福祉？以孔子的賢明，尚不免遭到叔孫武叔的物議。因此，我也只能借子貢的話說：「無以為也，仲尼之不可毀也！他人之賢者，丘陵也，猶可踰也；仲尼，日月也！人雖欲自絕，其何傷於日月乎？」（77.1.17.台灣新聞報10版）

蕭颯，本名蕭超群，湖南湘鄉人，民國二十二年生，高雄師範學院國文系畢業，現任高中教師。

您依舊存在

◉邱七七

看不見，可是您依舊存在。

真如他所說，看不見，可是他依舊存在。

那熟悉的，獨具親和力的笑，不就在眼前嗎?

他喜愛青年學子，常被他們如慈父般環擁，他快慰的笑了，因為四周充滿希望。

他感念終年在田地裡辛勞的農友們，有空就去看望。當他們自田裡拔起一個特別肥碩的番薯給他、或自棚架上摘一串果實密密的葡萄請他嚐，他看見農村的富足以及維持中國人胼手胝足、樂天知命的美德不墜時，快活的笑了。

他日理萬機卻不忘戍守前方的將士，常常涉海去到他們的碉堡與戰壕，他們向他獻上鋼盔，他往頭上一戴，滿意的笑了，他看到如虹的士氣及銅牆鐵壁般的工事，不懼敵人來襲。

他平易的個性喜歡和小生意人、小市民親近，或與他們在小食攤上共食麵線或肉粽，或抱起他們的幼兒慈愛的親吻，與民親近與民同樂，是他獨特的休閒生活，使他因輕鬆而開懷的笑了。

這些笑容是我們熟悉的，永遠不會忘懷的。

還有那熟悉的夾克，我們看見他穿著它陪侍在父親左右，看見他穿著它攀山越嶺，看見他穿著它推行十大建設，看見他穿著它行走在民主憲政的道路上。如今他的路已經走完，留給我們的除了那穿著夾克的身影，還有給我們鋪好的路。

他的路由溫馨的江南家鄉到冰天雪地的蘇聯和西伯利亞，這條路幾乎在流放中因饑寒困苦而中斷，但他以無比的堅毅與鋼鐵的意志撐過來，從此再也沒有什麼可以難倒他。他由基層建設做到國家整體建設，創造出世界的奇蹟。如今他的路已經走完。

他在悼念一位好朋友的文章中說：

「看不見，可是你依舊存在！」

文中引用了「荒漠甘泉」中的話：

即使你死了，我不願悲傷
死神不能永久把我們隔開。
不過像牆頭的花，
爬到牆的那一邊開出花來，
看不見可是依舊存在，
它豈能把我們隔開。

如今我們走在他替我們鋪好的路上，當然不能把我們分開。

聖經舊約裡記載了摩西的故事，摩西帶領幾百萬以色列人走向美麗的迦南，——流奶與蜜之地，在曠野與沙漠裡走了四十年，遙望到迦南時，摩西死了。但迦南已在望，這一群人朝著方向跨過約旦河，回到他們的故土。

他替我們鋪好了路，我們朝著方向前進，一定能到達我們的流奶與蜜之地，只是我們這一群，必須不散隊伍，個個必須走在這一條路上。（77.1.24.青年日報14版）

邱七七，湖北興山人，民國十七年生，南京金陵女子文理學院肄業，現任婦女寫作協會總幹事。

輯四

今夜，我為您守靈

總統先生您不應該走

管　管

總統先生您不應該走
總統先生
您
不應該走！
總統
先生
您
不應該
走!!
總統先生
您絕對
不應該
走!!!
因為
國家還有很多大事
都需要您來推動！
現在
您突然走了
全國突然走入了長夜

我們會把眼淚化成力量
把一時的黑暗趕走
讓中國早早走上黎明
來安慰您在天之靈

總統先生
您不應該走
可是您竟突然的走了
我們會把眼淚化成力量
讓中國早早
走上
燦爛的黎明

（77.1.14. 中央日報9版）

管　管，本名管運龍，山東省人，民國十七年生，商職畢業，專事寫作。

永恒的碧綠

辛　鬱

一個植樹的人走了
走入一片永不凋落的
碧綠中

去接受萬眾的仰望
多少雙淚眼相送
啊　多少雙含血的眼
送您　送您走入
永恆的碧綠

植樹的人
為了國基的永固
您將生命化為沃土
植一棵　民主的樹
您將血化為清泉
灌溉這一棵　民主的樹

走入永恆的碧綠
辛勤的植樹人
植民主的滿樹花香
讓全體中國人分享
您啊　在我的淚眼中
您就是一脈永恆的碧綠
（77.1.14. 中央日報9版）

辛鬱，本名宓世森，浙江慈谿人，民國二十二年生，中學畢業，任職於科學月刊雜誌社。

都是台灣人

方明

在您的心中
沒有中國結
沒有台灣結

您說：
我也是台灣人

這塊土地
因為您這一句話
迷惑的全然澄清
飄搖的終歸穩定

都是台灣人
都是土地上成長的
都在創造歷史。
（77.1.14.自由時報8版）

方明，本名詹錫奎，台灣台中人，民國四十一年生，文化大學英文系畢，自由時報副刊主編。

您吐血而崩，為什麼？

朱秀娟

您吐血而崩，為什麼？
在您的領導下，
政治、經濟
建設、人民
那一項使您心痛
您吐血而崩為什麼？

我們的經濟，
從完全沒有
到震驚世界，
七百近八百億美元外匯存底
您沒見到我們的富足嗎？
而您吐血而崩為什麼？

我們的政治
快速的向民主方向邁進
戒嚴令解除
報禁、黨禁
在敵國外患環視下，
您儘量給人民自由
您沒感到我們的感恩嗎？
而您吐血而崩為什麼？

您開發橫貫公路
您督導高速公路
十大建設、十二大建設
您真是位愛建設的人
身先士卒、盡心盡力
您沒見到它的成效嗎？
而您吐血而崩為什麼？

您愛我們，您的子民
您親近我們到鄉間到城市
吃我們吃的食物，和我們握手交談
您也讓我們親近您
雙十文告國臺語發音
您沒感到我們的愛心嗎？
而您吐血而崩為什麼？

您老了，您多病
人不和天爭
我願您戰死沙場
我願您鞠躬盡瘁死於案牘！
您竟吐血而崩為什麼？

十三日　夜

（77. 1. 15. 中央日報 20版）

朱秀娟，江蘇鹽城人，銘傳商專畢業，蘊全實業有限公司董事長。

跑道

焦桐

從動亂中走來
一個寂寞的老人
引領我們
引領整座島
航向期待已久的目標

遠遠我看見
他疼痛的雙腳
好像跟時間在競跑
要跑出比胸襟寬闊
比抱負更長遠的路程

如今狂飈動員烏雲
風雨又在前方飄搖
我清楚看見
他在辛勞中憔悴
在苦苦思索中愈加蒼老
我忍不住憂慮卻終於看見
那孤獨的老人
已奔上歷史的跑道

（77.1.15.中國時報 23版）

焦桐，本名葉振富，臺灣高雄人，民國四十五年生，文化大學藝術研究所研究，現任中國時報副刊組撰述委員。

夜行人

許世旭

我看過了他一個人穿走黑夜的背影
我握過了他長滿厚繭的黃土質大手

那夜是寒風呼呼的路上
我們文大的二十幾個師生，時近午夜
仍是依依不捨地盤桓在陽明山上
談談笑笑，也有蹦蹦跳跳的
這是我學成回國的前夕
一九六八年十二月

我們鬧得興高采烈的時候
有個黑影子，短短胖胖的
緩緩走自山仔后那邊的黑暗來
依稀記得是低著頭沉著思

我們的談笑，更是得意忘形
而且滾流到台銀招待所站的小橋

有個調皮學生，回眸了那邊
便喊著說「部長來了！」
起先以為是開玩笑，而
那小攤上經常吃過蚵仔麵的經國先生
真的是他一個人被我們圍住了
寒風呼呼的深夜裡

難怪年輕的一伙，都是
自強活動中度過少年的
他們知道他們可以牽手可以擠踵
他們似乎遇到了家長
談笑中忘了夜茫茫路遙遙

部長走了，握握手，再揮揮手
走向陽明里那條曲彎的路
似乎那條路很漫長很崎嶇
留的是圓圓通通的背影
聽的是踏踏實實又孤伶伶的步聲
（77. 1. 15. 聯合報 23版）

許世旭，韓國全羅北道人，民國二十三年生，中華民國文學博士，韓國高麗大學中文系教授。

小朋友的日記

蘇紹連

今天升旗典禮時，降半旗
今天看電視時，電視變黑白了
今天看報紙時，報紙也沒色彩了
今天上課時，老師含著淚水
今天放學我們排路隊
我們想和往日一樣快樂地走在路上
才發現帶領我們的人不見了
蔣總統呢
我們要走的路是多麼遠啊

（77.1.15.聯合報23版）

蘇紹連，臺灣臺中人，民國三十八年生，臺中師專畢業，沙鹿國小教師。

熟悉的夾克

蔡驟強

又閃現那件熟悉的夾克
萬人之上，你就是捨不得它

稻田站過　山洪渡過
戰地駐過　殘童抱過
你行過、你抱過的
正是吾土吾民

又閃現那件熟悉的夾克
萬人之上，你就是捨不得它
麵線嘗過　芋冰吃過
烏龍品過　米酒喝過
村童擁過　榮民握過
你親過、你掌過的
正是民胞物與

又閃現那件熟悉的夾克
萬人之上，你就是捨不得它
侮辱受過　誹謗看過
諷言聞過　冷語聽過
忍字挨過　苦字啖過
你肩負、你承擔的
正如荒漠行駝
（77.1.15.聯合報23版）

蔡驟强，廣東潮安人，民國三十八年生，政治大學新聞系畢，聯合報編輯。

經國先生，早安

林燿德

水正沸騰
春茶等在壺底
香氛已經瀰漫在我們的胸中

向南眺望
大雪山　小雪山　西巒　南大武
您必然看到
中央山脈和海岸山脈
亂馬奔竄
沙沙朝震旦的方向延伸
兩側的都市到了夜晚
瑰麗的光澤就珠串起這個島嶼

太陽，太陽是這麼閃亮
小販們恭謹端上粗陶盛裝的食物
您真摯的微笑
倒映在油光光的湯碗上
奕奕的神采
在百姓的瞳孔裡顯影
和萬民並肩
讓他們的手臂輕輕挽著您

卻有一種美妙的秩序
您用行動告訴我們
當一個人屬於萬民
比起一個宇宙屬於他
更能擁有無限的生命

當一輛嶄新的輪椅
在會場緩緩推出
正值一個花季的來臨
螽斯們都長好了聲帶
而受敬愛的老園丁……
如果我們不是您的親人
心中就不會　倏然
撞進一列慘厲呼嘯的列車
而歷史的版面是這麼寬廣
地平線的那一端
您仍然是一個剛毅的中年人
在金門
一步步
踩在炮彈洗過的岩石上
想到昨夜的噩耗
想到今天股市要不要重重的落磐
想到滿樓滿樓茫然的夢

凌晨時
正撐開家家戶戶的門扉
攤販們還癡癡守著
寥落的攤位
我徘徊在師大路不夜的街口
忍不住
面向官邸的方位
向您道一聲
早安

（77.1.15.民生報 18版）

林燿德，福建同安人，民國五十一年生，輔仁大學法律系畢業，臺北評論雜誌社企劃主任。

向暗夜逼進的光

陳煌

一座海島，一座
渾沌宇宙中還不沈滅
不淪陷的海島，因為
上面猶亮著一盞燈
半個世紀，白岸的鷥壽

千丈進尺，冷冷地有所圖
劇風在推，千手萬手
無所不用其極地搖撼
而我們跟著，跟著
您高高，高高舉起的
燈，睜眼看歷史
繼往在墨黑無光年代中
突圍而出，卻不見
您已操勞成疾
還不忘頻頻回首叮嚀
如朋友，如親長

向暗夜逼進的光
再一寸寸向前
祇有永遠醒著，始能
看清眼下的路
兩旁的風景
是如何可行可觀，如何
被一掌燈者的昂然巨影
引領展現的
於是，我們也聽見
傳來一聲聲呼喚
句句雲霄之上，以龍首
在前，擊風退浪

催我們分辨時代的脈動
轟轟，洞洞，鼕鼕探尋中
乍然同感天地一傾
耳朵滾進晴日雷響
雙眼有滔滔水聲
八方湧現

黃昏前的一刻
您終於不支躺下來
巨人一般，有巨量的
血，汩汩如江河流出
流經國事與蒼鬱的臉頰
而最後的一呼一吸
綿綿不懈數十年
您安然歇息吧，盡瘁的
心，是中國的醒
先知的話語，中國在聽
您安然歇息吧，此刻
讓我們以全身護之
以十指之掌保衛這盞燈
繼您遺業，黑暗中再劃出光芒
您，安憩吧

元月十四日子夜五時
（77.1.15.民生報18版）

雄人，民國四十三年生，世界新專畢業，智慧兒童雜誌主編。

大樹的懷念

羅　青

所有的葉子都落盡後
枝幹瘦骨嶙峋的精神
方才完全顯露了出來

挺著一身大大小小的傷痕
每一條枝幹都指向
無限燦爛的星空

指向一個永不變位的理想
每一條枝幹都曾因愛
的重量，而壓低垂彎

垂向無盡的大地
垂下片片的落葉
迎接無數大大小小的腳印
而腳印與落葉終將與大地
合而為一，與剛出土的
新芽，再度合而為一

（77. 1. 16.民生報18版）

羅　青，本名羅青哲，湖南湘潭人，民國三十七年生，美國西雅圖華盛頓州立大學比較文學碩士，現任師範大學英語系副教授、臺北評論雜誌社總編輯。

忠烈祠見他

周玉山

大寒過後
素車離家
門啟處
朵朵黃花
林覺民和方聲洞
伸手迎他
迎民國的英雄
迎民主的總統
迎盡瘁的跑者
迎進了百萬群眾
他們像耶穌一樣
愛莫能助時
唯有痛哭
高高亢亢

低低切切
報答他的大刀闊斧
大口吐血
忠烈祠見他
如見一朵黃花
臘月的冷空下
兀自爭發
靈移處
淚眼送他
經由大溪
回到奉化
（77.1.22 聯合報 23 版）

周玉山，湖南茶陵人，民國三十九年生，文化大學三民主義研究所博士，政大國際關係研究中心副研究員。

送別

余光中

悲哀的半旗
壯烈的半旗
為你而降

悲哀的黑紗
沉重的黑紗
為你而戴

悲哀的菊花
純潔的菊花
為你而開

悲哀的靈堂
肅靜的靈堂
為你而拜

悲哀的行列
依依的行列
為你而排

悲哀的淚水
感激的淚水
為你而流

悲哀的背影
勞累的背影
不再回頭

悲哀的柩車

告別的柩車
慢慢地走

親愛的朋友
辛苦的領袖
慢慢地走

（77. 1. 24. 中國時報18版）

余光中，福建永春人，民國十七年生，美國愛荷華州立大學碩士，中山大學文學院院長。

今夜，我為您守靈

羅　英

風雨中，你孤獨行走
豔陽下，你滿懷憂心
你不斷地憂慮苦思諄諄教人
如何拯救遇難的船隻
如何修復傾圯的房屋
　如何喚醒沉睡的路人
如何耕種如何灌溉

　如何向下紮根向上結果
正當果實纍纍收穫來臨時
你
卻含笑地逝去
眼望著你
奔進星系中成為最熠亮的星
奔進時間的洪流中成為偉岸的石
奔進歷史的巨書中成為超然的偉人

危難中走在最前端的你
辨別方向在困厄中尋路的你
視境明亮看得出陷阱的你
　扶持殘障者行路
　　替聾者聽
　　替盲者看
　　替啞者訴說心聲
人人都敬愛懾服若父若神的你
今夜，我為你守靈
（77.1.24.中央日報星期增刊4版）

羅　英，湖北蒲圻人，民國二十八年生，臺北女師專畢，專事寫作。

陪您一段

蕭蕭

我們那樣熟悉
林覺民的愛，與訣別
我們那樣熟悉
方聲洞的聲嘶，力竭
我們那樣熟悉
民國烈士
激噴而出的一腔熱熱的血

我們熟悉
血逆流的意義

您陪我們走過
臺灣的山區
偏遠的海隅
您陪我們走過
斗笠忙碌的田埂
安全帽氣喘兮兮的木梯
您陪我們走過
鋼盔呼嘯的壕溝
頭顱也驚懼的民族荊棘
這一次，讓我們陪您

陪您走過最後的一段路
這一次
讓我們陪您
直到世界上所有的血
都因為您的血找到自己該走的路
（77.1.24.中央日報星期增刊4版）

蕭蕭，本名蕭水順，臺灣彰化人，民國三十六年生，師範大學國文研究所碩士，臺北市一女中國文教師。

領航人

陳幸蕙

慈湖的夏天
很像溪口的夏天。
晚餐後
獨坐角板山梅台，
您靜默無語，
遠山近樹皆來相依，
白鷺鷥翩翩飛至，
向一位領航人致意。

為兩千萬軍民憂勞的身形啊，

在歲月中微顯疲倦。
當霧色逐漸靠攏
　涼意來襲
　　一山春雨
　　　霏霏細細織就，
您沈思的背影，
在我們心底
凝止為最莊嚴偉岸的雕像。

曾經，沃野酥潤如膏，
您臨風而立，
與野老閒話桑麻，
僕僕風塵於省道，
樸素的小吃店裡，
擔仔麵　魚丸湯　燒肉粽
「我是台灣人」
親切如詩的言語
猶在耳際
怎麼就不見那熟悉的夾克
不凋的莞爾？

行徧這塊土地的足印，
嘉南平原
幸福地在您身後綿延鋪展；

新埔菜市
馬蘭榮家
初鹿牧場
東引海濱
馬公監獄
金門明盧，還有—
滿州鄉公所
鹿谷竹豐鄉
馬祖育幼院
……
行徧這塊土地的足印啊！
也引領我們
朝均富的麗日昇起之處
朝民主憲政的遼闊海洋
前行。

慈湖的夏天
很像溪口的夏天，
而經國先生，
您所鍾愛的頭寮呢？
如今，滿山黛青
與一塘解凍的春水間
獨缺那溫藹的身影。

萬民含淚，夾道相送
素燭　清橘　鮮花—
且讓我們在
由頭寮到南京的奉厝道路上
為您這位不朽的領航人，
獻上一瓣
最虔誠的心香。

（77. 1. 24.中央日報星期增刊4版，作者略有增刪）

陳幸蕙，漢口市人，民國四十二年生，臺灣大學中文研究所碩士，現專事寫作。

這一條風風雨雨的路

張　默

我們緊緊地擁簇您，在每一分的時光中
千萬次的張望
千萬次的淚眼
千萬次的迷濛
大家依稀與您隔得很近很近
依稀一轉身就可能觸及您長滿厚繭的雙手
依稀聆聽您噴泉般的笑語
依稀速記您流水般的叮嚀

就像一個豁達的長者
您每時每刻每分每秒
都在坦坦蕩蕩地呵護著這裡的子民

今天，我們亦步亦趨在這道長長的行列裡
從黃菊同悲的懷遠堂到莊嚴肅穆的忠烈祠
這一條風風雨雨的路是多麼的長呵
大家靜靜地凝視　您的靈櫬
沿途的風景與車馬的喧噪
統統被幾許黯然與悲戚鎮住了

雖然，您在此衹有七日的小住
可是億萬隻深情的眼眸
每天將川流不息地膜拜您
您不會覺得喘不過氣來吧
也許暫時的休息是為了走更長遠的路
那麼我們會耐心地守候
有朝一日大家會以朗朗的青天白日的歌聲
迎您於紫金山麓閃閃的金光下
（77.1.24.中央日報星期增刊5版）

張　默，本名張德中，安徽無為人，民國二十年生，陸軍官校第二十四期畢業，現任職於華欣文化事業中心榮光報主編。

如果，這一切都是真的

林煥彰

黑紗！黑紗！黑紗！黑紗！
每一個人都自動配戴在胸前，
低著頭，默默的跟隨著
您的靈櫬
從榮總的懷遠堂，默默的走向
圓山忠烈祠，
每一個人，都默默的強含著眼淚
默默的強忍著泣聲，默默的懷想著您
親和慈祥的面容

如果，這一切都是真的
我們都低著頭，默默的
悼念著您
在每一分鐘的時間裡
在每一寸的土地上，悼念著您
您帶領著我們走過崎嶇坎坷的路程

黑紗！黑紗！黑紗！黑紗！
我們，千千萬萬的同胞

男的女的老的少的
從鄉村從城市從海外從心裡
都自動的走向您，
低著頭，默默的跟隨在您的靈櫬之後
走成一條玄色的長龍
從榮總的懷遠堂，默默的走向
圓山忠烈祠，
每一個人，都默默的強含著淚
默默的強忍著泣聲，默默的懷想著您
親切慈愛的面容

如果，這一切都是真的
在每一分鐘的時間裡
在每一寸的土地上，我們
每一個人，都低著頭默默的
悼念著您
您帶領著我們走向民主自由的坦途

（77.1.15.中央日報星期增刊5版）

林煥彰，臺灣宜蘭人，民國二十八年生，聯合報副刊編輯。

投宿一個名叫永恒的星球

高大鵬

在每一分鐘的靜穆裡
靈車緩緩前行——群山默默
諸天寂寂，但見無邊的人潮
不斷起伏在無限的悲慟裡

在每一分鐘的懷念裡
全民族的心都跟隨著你
天使也打開窗子探頭望
啊，你真正的勳章掛在天上

你不是誰能夠封棺的
你不是誰能夠埋葬的
在古寧頭、在大二膽
在橫貫公路的每一個路口
人們要不斷的遇見你、遇見你……

你是那開路工人，也是那農夫漁民
你上山下海，同時也賣芭樂柳丁
你是荒山野外不再打赤腳上學的孩子
你是那畢生流浪終能返鄉的白髮老兵

「凡你在最小的弟兄身上做的
就是做在我的身上了……」
五千年的中國歷史何悠長
但這簡短的銘文除你誰配得上

「這是我的肉你們拿去吃
這是我的血你們拿去喝」
你真把自己給了眾人、給了我們
在寶島，還有誰比你更像那個拿撒勒人

「向下紮根、向上結果」
這是神透過先知慰勉選民的話
你也以此勗勉我們、這一千八百萬人
我們不也是中國的餘民、中國的選民？

為此你把自己埋向最深的地方
親自做了萬民資生的營養
老人家，你實在是糟塌了自己
但是你也復活了，並且開花

開花在海峽兩岸的土地上
開花在統一中國的大道上

在你的十字架上中國有了出路
你是穿越風雨捎來寧靜的虹弧

今天，民主憲政是您榮美的花園
民主建設是您崔嵬的牌樓
誰能把您送走？您已不朽
今夜您要投宿在一個名叫永恆的星球……

（77.1.24.中央日報星期增刊5版）

高大鵬，山東臨朐人，民國三十八年生，政治大學文學博士，國立臺北商專副教授。國立藝術學院副教授。

上帝最願收容的一顆星

白靈

為您別上一枚小勳章
用我們紫色的小小哀傷

為您別上一枚小勳章
用昨夜殞逝的流星打造
在夜空，巨大而深刻的光芒
沒有人來得及捧住

千萬人異口同聲驚呼
那光澤，無與倫比
燙入最深最深的記憶
一支金質刀，快速切入
漆墨的夜空像是開了口
還是劈出了裂縫
一道光，短瞬而永恆
殞落了——殞落之後呢
會不會剛剛好就掉在
上帝溫厚的掌上？
亮閃閃顫動，圓溜溜的一丸光采
細看，啊，渾樸，透明
一顆透明的心！
他是上帝最願收容的一顆星

為您別上一枚小勳章
用千萬雙向您行注目禮的眼光！
（77.1.29.中華日報17版）

白靈，本名莊祖煌，福建惠安人，民國四十年生，化工碩士，現任教臺北工專講師。

手勢與形象

羊令野

每一種手勢
給予許多驚訝和誘惑
在黑暗或光明的角落
總是牽引著失去方位的靈魂

誰把兩行熱淚
釀成滿天漫地的白雪
寒風中片片縞素
也難洗滌出世界的純潔
一條路在眾多的腳底邁過
向陽的廣場上集合而來
奉獻無盡的愛
讓這塊土地滋潤

雲梯升起你
高高的一座無始無終的山嶽
在那週遭仰慕
永恆地擎著不變的形象

（77.1.30.中央日報18版）

羊令野，本名黃仲琮，安徽涇縣人，民國十二年生，軍職退休。

編後記

／李瑞騰

中華民國七十七年元月十三日晚上，在電視機前，我們震驚、悲痛，就只因我們最敬愛的經國先生突然仙逝，一時之間一切都顯得慌亂極了，而電視陸續播映中央大員有條不紊的進行著宣佈噩耗、宣誓就職等國之大事；播映著街頭巷尾民衆哽咽的言談。我們已經知道，這是個無可逃避的關鍵時刻，它來得太快，但我們必須以智慧和勇氣去面對。

十四日開始，我們以淚眼讀報，從北到南，每天十幾份報，我們一頁一頁地翻著、讀著，體會著每一個字背後所包含的哀傷，就這樣，我們感覺到一位歷史巨人的形象逐漸清晰地浮現。

於是我們開始做記錄，收集四面八方蜂起的巨大哀傷以及數不盡的追憶與期待。報紙才增張、擴版不久，這原就是經國先生大力推動政治革新的重大項目，一開始卻回饋到他老人家身上，鉅細靡遺的報導著、評論著，我們看到朝野上下出奇的自制，各行各業照常穩定地進行他們預定中的工作，經國先生所領導的中華民國可以說已經完全成熟了。

從十四日到奉厝大典結束，與經國先生有關的單篇專文，不分抒情、敘事或議論，不分長短，僅就臺灣地區來說，已逾千篇，分佈在各版面，內容包含他一生高超的人格與無與倫比的事功。

文學界的朋友原就比較擅長以筆來表達他們的思想與情感，在此際，多情易感的文學心靈不斷宣洩出他們的哀悼與追思，無限的感懷一字一句的組成篇章，不論是詩是文，皆出以至情，扣人心弦。於是我們決定編輯一本書，把分散在各報的文章集中，從數百篇中選出七十九位作家的作品，正合於經國先生的春秋之數。

本書約略分成四輯，輯一「淚的洗煉」，凡十七篇，從哀傷到擦乾眼淚；輯二「一同行過」，凡二十二篇，皆有追憶性質，大略以內容時間爲序；輯三「開路的典型」，凡十九篇，比較上有詮釋經國先生的生命的意思；輯四「今夜，我爲您守靈」是詩，共二十一首，略以發表時間爲序。我們非常感謝作者同意我們選錄他的大作，並提供意見和資料。

宋末名臣文天祥曾在「過零丁洋」詩中寫下不朽的名句：人生自古誰無死，留取丹心照汗青。個人的生死問題就這麼和天地正氣、民族大義、歷史定位緊密結合在一起，經國先生做到了，他寫下了發光的歷史。在每一分鐘的時光中，他爲國爲民；在每一分鐘的時光中，我們仰首都望見他的慈顏，走在他開拓出來的路上，勇敢前進。

文訊

用專題向您證明
他的抱負和胸襟

文訊各期專題

第一階段
（１～12期，月刊）

① 如何樹立嚴正的文藝批評
② 第八屆國家文藝獎作品評介專輯
③ 如何使文藝紮根
④ 光輝十月專輯
⑤ 藝術乎色情乎
⑥ 大陸傷痕文學專輯
⑦⑧抗戰文學口述歷史專輯
⑨ 文學的再出發——民國三十九年至四十八年的文學回顧
⑩ 戲劇的傳統與現代
⑪ 現代文學史料整理之探討
⑫ 現代詩學研討專號

第二階段
（13～33期，雙月出刊）

⑬ 六十年代文學專號
⑭ 當代散文專號
⑮ 電影與文學專號
⑯ 中文系新文藝教育的檢討
⑰ 古典文學現代化・比較文學中國化
⑱ 傳統詩社的現況與發展
⑳ 香港文學特輯
㉑ 報紙副刊特輯
㉒ 報紙副刊特輯(續編)
㉓ 文學選集的理論與實踐
㉔ 菲律賓華文文學特輯
㉕ 第二屆現代詩學研討會
㉖ 通俗文學的省思
㉗ 文學雜誌特輯
㉘ 當代文學作家的藝術趣味
㉙ 文學社團特輯
㉚ 作家的第一本書
㉛ 戲劇與文學
㉜ 戲劇與文學(續編)
㉝ 文學批評的理論與實踐

＊七、八兩期合刊，第十九期未製作專題。

文訊月刊雜誌社

社　址：台北市林森北路七號
（02）3930278・3946103

編輯部：台北市復興南路一段127號３樓
（02）7711171・7412364

郵帳劃撥0588475～9號文訊月刊雜誌社定價每冊120元，一年（６冊）600元

文訊叢刊④

在每一分鐘的時光中

——文學心靈的無限感懷

編　　者／文訊月刊社
發 行 人／蔣　震
出 版 者／文訊月刊雜誌社
社　　址／臺北市林森北路七號
電　　話／(02)3930278 • 3946103
編 輯 部／臺北市復興南路一段127號三樓
電　　話／(02)7711171 • 7412364

總 經 銷／聯經出版事業公司
地　　址／臺北縣汐止鎮大同路一段367號三樓
電　　話／(02)6425518代表號
印　　刷／裕臺公司中華印刷廠
臺北縣新店市大坪林寶強路六號

行政院新聞局局版臺誌字第3278號
定價120元（如有缺頁、破損，請寄回本社調換）
郵撥帳號第0588475～9號文訊月刊雜誌社

中華民國七十七年二月十日初版